Nunca fui
Primera Dama

Wendy Guerra

Nunca fui
Primera Dama

ALFAGUARA

Nunca fui Primera Dama

Primera edición: junio de 2017

D. R. © 2017, Wendy Guerra

D. R. © 2017, derechos de edición mundiales en lengua castellana:
Penguin Random House Grupo Editorial, S. A. de C. V.
Blvd. Miguel de Cervantes Saavedra núm. 301, 1er piso,
colonia Granada, delegación Miguel Hidalgo, C. P. 11520,
Ciudad de México

www.megustaleer.com.mx

ISBN: 978-607-315-387-4

Impreso en México – *Printed in Mexico*

El papel utilizado para la impresión de este libro ha sido fabricado a partir de madera procedente
de bosques y plantaciones gestionadas con los más altos estándares ambientales, garantizando
una explotación de los recursos sostenible con el medio ambiente y beneficiosa para las personas.

Penguin
Random House
Grupo Editorial

Agradecimientos

A la familia de Celia Sánchez, de aquí y de allá, por sus anécdotas, palabras y hospitalidad.

A mami por sus páginas perdidas y por su poesía recobrada.

A Celia, por no dejarse hallar, por salir volando.

A Marco, mi asesor.

A Julio Carrillo, por su estilo.

*A los archivos cubanos, a las dos orillas, a los amigos que conservan la memoria.
A ustedes, secretamente.*

Primera parte

Una madrugada con nadie

Mi país es ese instante único que ahora mismo sucede en todas partes, orillas de la tierra, lugares a los que no sé ir ni puedo, y llego sin embargo.

ALBIS TORRES

Les habla la hija de todos, reportando desde el país de nadie.

Soy Nadia Guerra y, por primera vez, a micrófono abierto, voy a decirles lo que pienso, lo que he sentido cada mañana de mi vida en estos años mientras saludaba la bandera y entonaba el Himno Nacional, lo que no me había atrevido a decir hasta este minuto. Escuchen lo que les cuento ahora desde mi programa de radio, al aire, amparada en la media luz de esta cabina hermética.

Pertenezco a una zona de intimidad que me hace humana y no divina. Soy una artista y no una heroína contemporánea, odio esa desproporción, no quiero que esperen de mí lo que no soy. No debo más a los mártires que a mis padres, que a mi resistencia, que a mi propia historia personal anclada aquí en mi simple vida cubana.

No puedo seguir intentando ser como el Che, heredar la pureza de Camilo, poseer la valentía de Maceo, el arrojo de Agramonte, el coraje de Mariana Grajales, el espíritu aún errante y creativo de Martí, el estoico silencio de Celia Sánchez; mi proeza es sencilla: sobrevivir en esta isla, evitar el suicidio, aguantar la culpa de mis deudas, la casualidad de estar viva y desentenderme definitivamente de esos tenaces nombres de guerra y de paz.

No quiero ser la mártir de los mártires, de sus epopeyas y su gran épica. Ante las estatuas de los héroes, he pensado que la mía debería ser una muerte sencilla, minuciosa, cuidada, discreta.

Mis verdaderos héroes son mis padres, víctimas de una supervivencia doméstica, callada, dilatada, dolorosa. Desintegrados en una secta de adoraciones y desencantos, ellos perdieron la razón.

Derribados como el muro, al mirar del otro lado, quedaba el mar como único patrimonio; la bahía oscura y estrellada o el luminoso Caribe de todos los días. Y nada de eso les pudo salvar. Postergaron los proyectos personales para integrar el proyecto colectivo.

Los líderes en primer plano y mis padres fuera de foco, en profundidad de campo, lejos, muy lejos del protagonista. Ellos han sido entrañables extras, dobles de la gran obra, divino guión y complicada puesta en escena.

Hubo días en que me sentí huérfana o, lo diré de modo más conciliador: Hija de la Patria. Veía a mis padres durante pequeñas pausas. No era algo particular, varios amigos se hallaban en la misma situación.

—¿Dónde está tu papá? —te preguntaban.

Y tú debías responder:

—En un lugar de Cuba.

Cuántas tardes lluviosas vi a los abuelos de quienes tenían una familia más o menos normal, pegados como estacas a la puerta de la escuela,

12

con capas y paraguas, esperando tranquilamente. Abuelos y abuelas a los que hoy, yo misma, haría un monumento.

Recuerdo a mis padres tragar en seco palabras y nombres prohibidos, y seguir sonriendo para la foto en blanco y negro. Ellos tal vez quisieron inmolarse en la bandera gigante de sus mentiras, banderas en blanco y negro pero banderas al fin.

Cumplido el tiempo de vencer, cayeron en la emboscada de sus enemigos invisibles.

Mis padres no hicieron la guerra para el triunfo porque eran muy jóvenes, pero tampoco llegaron a tiempo para las libertades de esta idealidad. Apenados por no haber hecho la Revolución, la sostenían. Cargaban la sociedad como quien soporta una viga sobre el cuerpo; pero casi siempre felices de ser parte, de ser una voz dentro del gran coro, también resistieron. Al centro mismo de esa generación atrapada, se aislaron, no encontraron salida.

Pero, bueno, queridos oyentes, escuchemos un poco de música, mientras ponemos pausa a todo esto que deseo confesar hoy. Escuchemos a Carlos Varela, quien interpreta su canción «Foto de familia».

Detrás de toda la nostalgia,
de la mentira y la traición,
detrás de toda la distancia,
detrás de la separación.
Detrás de todos los gobiernos,
de las fronteras y la religión
hay una foto de familia,
hay una foto de los dos.

Hablando de la familia y de los padres: el peso de los muertos célebres pudo más que el peso de los anónimos vivos. Así se fueron resignando a la idea de que a nosotros nos iría mejor, allá en el paraíso humanista, en la otra vida. ¿Cuántas veces no les escuchamos decir en una asamblea, en la sala de la casa o en medio de una cola enorme?: «A mí no, pero a mi hija sí le espera algo mejor.»

—Queridos: tengo noticias para ustedes: yo también espero algo mejor para mis hijos.

Este sonido pertenece al momento en que nuestros padres eran muy jóvenes, entonces Silvio Rodríguez y Pablo Milanés estaban haciendo su obra dentro del grupo de Experimentación Sonora del ICAIC. Escuchemos a esta hora la canción de la CJC, que dice… así:

> *Cuando a las once el sol parte al centro del horror,*
> *cuando consignas y metas piden su paredón,*
> *cuando de oscuro a oscuro conversan con la acción,*
> *la palabra es de ustedes, me callo por pudor.*

Es cierto: ninguna escuela lleva el nombre de mi madre, pero si estoy en pie es porque ella tuvo la vergüenza de escribir, de hablar a tiempo donde tenía que hacerlo, y luego, cuando no fue tomada en cuenta, supo llorar callada, encerrada en el armario, fumando a oscuras entre los abrigos apolillados para que no la viera dudar, para no mentirme dando una explicación más o menos cierta sobre aquellas realidades sin respuesta. Mis padres reconstruían un país dentro de otro país, sólo para mí.

Me llamaron Nadia, en honor a la esposa de Lenin. En ruso: Надежда, mi nombre y yo significamos «la esperanza».

Papá y mamá deliraban reconstruyéndome un mundo inexistente, tal vez esperando reproducir un patrón, y que, conmigo, resultara exitoso el experimento. Maquillaban lo feo, multiplicaban lo poco para compartirlo, difuminaban lo horrible, cambiaban de tema para no caer en un refugio sin salida. Esa era mi pesadilla recurrente: quedar atrapada en uno de esos túneles populares subterráneos, un sitio que termina asfixiándote.

Yo crecí en el país de mis padres, cuando llegué ya estaban trazados sus límites infranqueables. Hoy no estoy segura de que todos vivamos en el mismo Territorio Libre de América por el que lucharon, ese país en sus cabezas era un maravilloso lugar. Nos mecemos en un ideal flotante, un no-lugar, utopía encajada al centro del Caribe.

Las manos de mi madre desenredaban situaciones imperdonables, errores repetidos, extravíos que ni en su cabeza esclarecía; se ahogaba en un sollozo de ira, caía avergonzada sobre el campo de batalla, cuando se sorprendía en sus mentiras. Le atormentaba no encontrar mejores argumentos, tosía intoxicada de nicotina y desencanto, mojando con lágrimas de sal sus manos vacías. Mi madre se fue corriendo, algo o alguien la acechaba. Lo que nosotros llamábamos el enemigo en ella era el recuerdo de sus demonios.

Mártir, queridos radioyentes, es mi madre. Héroe, mi padre. Basta ya de sentir culpa por lo que otros nos dieron; a quienes saludamos al pie del pedestal les asaltaron dudas, fueron presa del pánico. ¿O no? Esas personas dudaron, dieron pasos atrás, desobedecieron, fueron infieles o infelices, se equivocaron. Se divorciaron, se enamoraron. Hombres y mujeres haciendo el amor de pie, con las botas puestas.

Mis padres callaron cuando pedí una explicación; los héroes se convertían en mármol y los necesitábamos hombres. ¡Hablen, coño! La prueba de que existieron son sus viudas, sus hijos o los nietos que se mezclaron con nosotros en escuelas, en concentraciones o campamentos de verano donde sus rostros hablaron más que cualquier discurso sobre el desasosiego y el desprendimiento. Juntos cultivamos el arte de «la pérdida necesaria». Pero, ¿son necesarias las pérdidas?

La resignación te lleva a ver con naturalidad la cara de tu padre en una valla enorme, en un cartel político, su imagen ondeando con música de fondo. ¿El pueblo comparte tu dolor, o tú compartes el dolor del pueblo? ¿Ambos lloran la muerte de un ser querido?

Los hijos de esos mártires que crecieron conmigo tampoco recuerdan a sus padres. Al héroe, sí; al padre, no. Protegidos, camuflados en sus vacilaciones, yo nunca supe exactamente cómo eran mis padres. En mis secuencias figurativas presumía lo que podían ser en estado normal: hogar, domingos, juegos compartidos.

Si ni siquiera logramos tener la ingenuidad o la dignidad humilde de nuestros padres, si no pudimos llegar a ser como ellos, ¿quién puede pedirnos que todos, absolutamente todos, seamos como esos mártires?

Cada mañana dije algo que no pude cumplir: «Pioneros por el comunismo: seremos como el Che.» Ni siquiera tengo la vergüenza de callar como mi madre. Hablo, me delato, expreso y caigo con la culpa de no ser nada para lo que fui diseñada (o mejor), ensamblada.

Tal vez todo era metáfora y no culpa. ¿Los llegué a conocer? ¿Supe si decían sí queriendo decir no? ¿Lo sabré alguna vez?

Como en la guerra necesaria y como en la defensa obligatoria para la que me han preparado hasta hoy, sigo mi juego de campaña. Me defiendo porque algo tratan de arrancarme, algo quieren de mí, eso lo he aprendido.

Basta de adorar santos. No debo nada a los héroes, no puedo jurarles lealtad con la mano en la frente ni un día más de mi existencia, porque no voy a poder cumplir. Desde niña repito sus nombres como autómata; pequeña máquina de consignas que se cuadra como soldado, sin levantar apenas una cuarta del suelo. Sin discutir lo indiscutible, ahí va la mano, arriba, a la frente, con fuerza. Sin preguntar porque «lo que se sabe no se pregunta».

Lancé flores al mar mientras secaba lágrimas incomprensibles para mi edad. ¿Qué pensará de mí Camilo por este ramillete desecho? El mar tapizado de flores y yo traigo para él diez claveles marchitos.

Me he vestido con un traje verde olivo, ajeno, remendado y limpio, el uniforme de otra Guerra. He aprendido a tirar a un blanco abstracto. ¿Cuál será mi verdadera diana?

¿Debemos todo a esos héroes? Mamá y papá, donde quiera que estén, parece que era cierto: «Patria o Muerte» significaba también la posibilidad de que podríamos morir. Caer, desplomar, desfallecer. No era una metáfora, no. Venceremos es una promesa ancha, maravillosa y más grande que nosotros mismos.

El operador de audio —me reservo su nombre— abre los ojos y asiente con la cabeza. Él, que siempre duerme a estas horas…

—Gracias por estar conmigo. A pesar de que no entre ninguna llamada, estamos aquí.

Este programa se ha iniciado hoy como una ráfaga de ametralladoras. Como empiezan ciertas películas americanas, de aquellas que los sábados a medianoche nos ponen los nervios de punta. Soy la última pionera despierta y estoy pasando esta madrugada contigo. ¿Dónde está tu familia? (Silencio del otro lado del cristal.)

Amigos radioyentes, les hablo desde la vieja cabina de radio, en la que sentaban a mi madre para conversar cuando no venía el locutor. Aunque odiara escuchar su propio eco, aquí estaba siempre; decía que los micrófonos le robaban el alma.

La veo; yo era pequeña, pero puedo recordarla. Aquí se paraba frente a mí, junto al operador de audio, fumando recostada a las consolas, con el libreto en la mano, lista para dirigir la emisión. Aunque le intimidara ordenar, transformar las noticias, manipular la realidad, tenía que hacerlo. Y aquí estamos otra vez, con el mismo olor a corcho y a cigarro fuerte, en la frecuencia modulada, trasmitiendo algo potable para ti.

Paremos un momento la ametralladora de ideas... Escuchemos un poco de música en ésta, su emisora de toda la vida. Ya sé, me he extendido demasiado pero tengo un micrófono colgando del cielo, pende al ritmo peligroso de mi voz como soga de ahorcado; ante mis ojos este viejo artefacto de la RCA Victor se resiste a callar, desafía al tiempo y la abstracta distancia del enemigo. Perdonen, ¿acaso no estamos acostumbrados a los largos discursos? Toda mi vida me he acostado y he despertado escuchando alguna alocución. No puedo olvidar la voz que me persigue. Mi memoria no falla.

Entonces hagamos silencio al escuchar este tema sacado de nuestra fonoteca húmeda... sepia, y no olviden que todo esto lo escucharon un día como hoy, sin fecha señalada, sin nada que celebrar, aquí en su emisora Radio Ciudad del Sol (48.9). Hablando desde esta frecuencia modulada, hoy y ahora, no sea que mañana me saquen del aire para siempre. Este programa sale tan tarde o tan temprano en la madrugada que casi nadie lo monitorea. Quienes me sintonizan a estas alturas de la noche estarán «casi» de acuerdo conmigo. Si los censores se quedaron dormidos y no lo han cortado ya, sigamos de largo por la autopista de la noche... o tal vez nadie nos «cuida», como decía una amiga: «Que seamos psicópatas no significa que nos estén persiguiendo.» De cualquier forma, si así fuera, digamos hoy lo que sentimos, no dejemos nada dentro. Respiremos este espacio de libertad con independencia de cualquier culpa. Vamos a escuchar las canciones que nos aprendimos para las marchas o en las descargas de las Escuelas al Campo, en los parques vacíos de los pueblos y en la escalinata repleta de personas cantando a coro. Pero, por favor, no olvides que ésta es Radio Ciudad del Sol. No, no te has equivocado, soy Nadia Guerra y es: «De madrugada con nadie» despiertos para ti.

Estamos escuchando la voz de Carlos Puebla, quien nos recuerda aquella canción que cantamos en los campamentos y en los actos de la escuela...

Aquí se queda la clara,
la entrañable transparencia,
de tu querida presencia
Comandante Che Guevara.

Querido amigo, hablemos de tú a tú, para que alguna vez dejemos de ser masa y podamos sentirnos cómplices de algo muy personal. El desvelado, el noctámbulo, el lunático, todos los que me escuchan sabiendo que tal vez mañana ya no podré seguir contando lo que hoy sé, lo que también tú estás pensando y callas, como nuestros padres alguna vez en esta misma emisora, en esta ciudad o en otra semejante a esta hora dejaron de decir.

De tú a tú, de cerquita... A esta hora de la madrugada no puedo mentirte.

Escucha, querido vigilante, muchacha insomne, poeta desesperado, habitante de una ciudad que aún duerme. ¿Te acuerdas de este disco?

Tú eres la música que tengo que cantar, la canción de Tony Pinelli en voz de Pablo Milanés.

Lo que yo siento quisiera decirlo
un día de julio en medio de la plaza
oír tu nombre por los altavoces
sentirlo rebotar de casa en casa.

Si nos dejan, como dice aquella vieja canción mexicana, seguiremos adelante con el programa. Por ahora, sólo si nos dejan, vamos a hacernos ciertas preguntas, de esas que callamos para no buscarnos problemas. Es la hora de las interrogaciones.

En este minuto, queridos radioyentes, en este mismo «instante de la primavera» casi nadie nos va a escuchar, somos un club de cuatro o cinco bohemios, kamikazes, unidos en una idea común: compartir las verdades personales, la necesidad individual de decir en singular lo que se piensa en plural.

Por favor, llamen, pregunten, desahóguense. Si estoy al aire aún, contestaré. Lo prometo. Nadie que no sea un noctámbulo empedernido de nuestra *troupe* secreta va a pasar «Una madrugada con nadie».

Era y es Donato Poveda. «Como una campana de cristal.»

Llegó la noche con su silencio cruel,
viene matando el día
que volverá a nacer.

21

Esta noche no ha entrado ninguna llamada. Esta madrugada no hay ciclones, no hay vientos fuertes que hagan caer los cables. No llueve. No hay fiestas en la ciudad pero el teléfono está mudo. Quizá nadie nos escuche. Sigamos adelante. Vamos a llamar a una amiga de siempre, quizás ella nos diga si estamos al aire o no.

—Operador, por favor, comunícame con el número de Maya. Vamos a sacarla al aire a ver si hoy nos está escuchando.

—Dígame.
—Abuela, perdone la hora. ¿Maya se encuentra? Queremos hablar con ella.
—¿Pero quién habla?
—Es Nadia, abuela. Estamos al aire con nuestro programa y queremos saber si nos están escuchando.
—¡Ah!, Nadia, es que estaba dormida, mija, no te conocí la voz, te oigo lejos. Maya se fue para Madrid, no le dijo a nadie, figúrate, tú conoces lo discreta que es.
—Abuela, perdone, no lo sabía. ¿Usted está escuchando mi programa hoy? Estamos al aire.
—¿Qué programa? Maya llama los sábados. Ven por aquí, no me dejes sola.
—Un beso desde nuestra cabina, abuela. Claro que iré por allá. Chao.
—¿Cabina de aquí o cabina de allá?, ¿dónde tú estás, hijita?

—Dulces sueños, abuela.

Maya, otra que se fue sin despedirse. Sigamos en lo nuestro. Si alguien nos escucha, por favor, llámenos.

Silvio Rodríguez en 1979, cuando yo tenía nueve años, escribió esta canción de amor que no olvido, escuchémosle.

Hoy mi deber era
cantarle a la patria
alzar la bandera
sumarme a la plaza.

Y creo que acaso
al fin lo he logrado
soñando tu abrazo
volando a tu lado.

Quisiera decirles cómo llegué aquí. Hace seis meses que emitimos este programa y nunca les he confesado por qué alguien como yo, que viene del mundo visual, con exposiciones y *performances*, con miedo al ridículo, con miedo a las debilidades y a la decadencia de la noche, terror a las frases hechas, a los viejos métodos de comunicación... ¿Por qué yo —alguien sin hábitos ni tradiciones, sin rituales dependientes— vengo cada día aquí para estar contigo?

Mi madre fue una cabeza y una voz. Veinte años atrás, tenía un programa en esta emisora: «Palabras en contra del olvido.» Grabó sones magníficos, registró voces perdidas, muertas ya en nuestra memoria, vivos en la cultura de este país. Mi madre hizo todo lo que pudo por registrar un fenómeno tan grande como la vieja música cubana, eso que es hoy Buena Vista Social Club. Ella desapareció. Tal vez me escuche desde algún viejo faro en una playa perdida. Mami: ¿me escuchas?

Mejor vamos a repasar una de esas viejas grabaciones con *skrash* que ella no olvidó dejarnos, aquí está, las salvó antes de irse para siempre.

No se duerman y si lo hacen, sueñen con nosotras. Esto, cada vez suena mejor… es el gran Barbarito Diez quien nos habla de Ausencia en estas altas horas de la noche donde pareciera que nadie nos escucha.

Ausencia quiere decir olvido,
decir tinieblas, decir jamás,
las aves pueden volver al nido,
pero las almas que se han querido
cuando se alejan no vuelven más.

Por eso hoy, me toca hacer su guardia en estas madrugadas contigo, por ridículas o maravillosas que nos parezcan, son nuestro secreto y, a la vez, mi pequeña obra. Volver aquí es como volver a mi madre.

Este discurso es como una matriuska dentro de otra matriuska, es también la carcajada de quie-

24

nes me durmieron con sus rezos y, como diría una amiga, con «su panfleto comunista». Porque he sido educada de un modo que, por mucho que rechace, me persigue como un estigma, una actitud ante la vida, la justicia o el destino. Verdades, mentiras. En cualquier gesto se reconoce cómo fui ideada, estructurada por ellos. Abstracto pero real. Como se pudo, por el camino. Así soy, así somos aún muchos de nosotros, estamos contaminados. Negarlo nos hace cínicos, mentirosos, ladinos, ajenos. ¿O será que matamos a mi madre y por eso estoy aquí, jugando sus cartas contra el olvido?

Tengo la impresión de que nadie nos escucha hoy; ese teléfono no ha sonado en toda la noche. El operador y yo hemos permanecido solos, separados por un cristal verdoso (años cincuenta), cortante y frío como esta cabina. Esperando una respuesta del otro lado de la ciudad hermética, remendada, marcada por su pasado. Mañana, pasado mañana o el lunes, estaré contigo. Tú me escucharás acostado o deambulando por la casa, por la fábrica vacía a punto de abrir, por el viejo cine abandonado que estás cuidando mientras se derrumba solo o tal vez me escuches dentro de un taxi que nadie puede ocupar porque a estas alturas todos llegaron o están por salir… Da igual, seguimos mañana pasando la «Madrugada con nadie». Ya puedes irte a dormir conmigo. Hasta mañana, los dejo con este maravilloso guaguancó en la voz de Celeste Mendoza.

Perdimos a José Martí
que era nuestra garantía
perdimos a Calixto García
que era nuestro general
a Maceo el inmortal
murió en manos de un traidor
pues que yo pierda tu amor
nada viene a resultar.

Notas en mi diario

Claro que me suspendieron el programa, pero nadie esperaba lo contrario.

Es parte del coqueteo. Sólo me interesa lo finito. Soy una provocadora profesional.

Ellos escucharon rumores, a esa hora todos duermen. Parece que el castigo será por un mes. El misterio continúa, «la victoria es cierta». He pedido dos becas. Si me dan alguna, no puedo continuar con el hábito de irme todos los días a la emisora. He pensado armar un estudio en casa, algo artesanal donde pueda registrar hasta los ruidos.

La exposición en el Reina Sofía, a pesar de ser compartida con un camión de artistas, fue muy comentada. Sigo siendo parte de un todo, nunca la protagonista. Otra vez mi individualidad me duele, destila y fluye como un río de miedos que quiere encontrar su cauce. Los periodistas comentan acerca de la Biblioteca Blanca que he construido, un local impoluto donde libros, papeles, documentos, lomos y solapas están en blanco. El mobiliario listo para leer, listo para informar; en cambio, nada en su interior. Sobre este ejercicio de silencio literario habla Saúl: «¿Nada está verdaderamente escrito o por el contrario es una escenificación de la escritura de la Nada?; la existencia de tipologías —una biblioteca—, ¿garantiza por sí misma el acceso a contenidos? o, por el contrario, ¿toda estructura predeterminada censura la posibilidad de generar una experiencia libre y subjetiva?»

Vienen, me entrevistan, se van con algo en las manos o en las grabadoras. Intentan manipular, ya no sé quién manipula a quién. Una vez tuve el control, ahora el timón se ha zafado del barco.

Empezó el frío húmedo en La Habana. El mar empaña con sal las ventanas de mi casa, el vapor de agua penetra hasta los huesos. Inhalo, exhalo; miro por la ventana. Inhalaciones de mis ideas en la cabeza agripada, contaminada de egos que no sirven. Cada día veo menos claro el mundo real. Todo queda ahumado, llovido, parece una imagen salida de un cuadro de Gustavo Acosta.

Mis obras se exponen lejos. Soy parte de todo eso pero no me traslado, ellas viajan por mí. ¡Adiós banderas Blanco y Negro! ¡Adiós Biblioteca Blanca!

El programa de radio también es mi obra, ha sido mi mejor trabajo en estos meses. Quise exponerme ante la cotidianidad misma de todos los programas nocturnos, los que en cualquier parte del mundo, mientras dormitamos, te asaltan con una voz de locutora melosa con tono neurovaginal.

Cuando no pude resistir más, cuando su estética demodé me asfixió, lo dinamité con verdades en un sitio donde las verdades pueden ser bombas. Las descargué a la madrugada, como si fuera libre de decir lo que deseo a boca de jarro, así me comporté sabiendo las consecuencias. Como quien tapa un lienzo por mandato de otro, o le cae a hachazos a su escultura predilecta. Así hice leña de mi árbol caído. Todos sabemos hasta dónde podemos jugar en los límites de la frecuencia modulada. La radio me persigue, entre los autos, las ventanas, los parqueos, dentro de los autobuses en marcha. Existe una noticia, una canción, un sonido sostenido en mi cabeza. Dormida o despierta escucho voces de la radio. No somos tontos, queridos radioyentes, sabemos hasta dónde podemos decir «Jauuu».

Por el momento dejaré de trasmitir para «los otros» y comenzaré a trasmitir emisiones exclusivas para mí que luego podré regalar a los amigos. Emisiones caseras, alternativas, grabaré mis programas de radio con canciones y comentarios tan personales como el registro de mis diarios, haré un programa con música e ideas propias. Nadie puede prohibir mi autonomía. No quiero trasmitir, quiero expresarme. Así será en lo adelante. No quiero renunciar a la radio que es parte de mí. Pero la radio sí puede renunciar a mí, al menos en estas graves circunstancias a las que me he expuesto.

Nací entre la radio y el cine. Eso soy: imagen y sonido, rebelde, tropical, socialista, surrealista, hiperrealista. Efectos ilusorios, dadaísmo que transporta y compone el límite de mi cuerpo y el contenido sonoro de esta cabeza mala.

NOTA

He visto dos obras que me impactaron en la Documenta de Kazzel. En la misma edición en que Tania Bruguera creaba el espejismo de entrar a un túnel oscuro hasta que una luz te encandilaba,

sólo se escuchaban sonidos de ametralladoras ras-
trilladas y botas marchando. También allí descubrí la obra de una artista judía que reconstruía y
recopilaba datos acerca de su madre en un campo de concentración. Ella nunca supo que fuera
parte de una familia perseguida. Años después la
artista descubrió una chapa numerada entre sus
pertenencias y decidió investigar para esclarecer
la vida de sus padres.

En realidad no sé si mi madre vive, supimos que
padece alzheimer, alguien la vio fuera del mundo y
ha pasado tanto tiempo que ya la dimos por muerta. Es mejor así después de tanta ausencia. Odio
acomodar los afectos de manera tal que matando
a alguien puedes salvarla de su propia existencia, de
sus grandes miserias o errores. Quizá la encuentre.
Para mi padre es mejor dejar el tema, saberla perdida. Ya no tiene excusas, ya no tiene nada bueno ni
malo que decirme sobre ella. Mi padre, de alguna
manera, también va muriendo. No tiene secretos.
    ¿Alguien sabrá dónde está? ¿Alguien sabrá por
qué a él le hacen tantos homenajes? A estas alturas, ¿por qué recapitulan sobre un asunto lacrado
y silenciado? ¿Por qué ponen ahora el dedo sobre el
renglón donde antes decía: «¡Caca; manitas atrás!»?
    Muchos misterios. Ésta puede ser mi próxima
intervención personal. Búsqueda y rescate de mi
madre. Acto final de mi padre.

He recibido otra carta de un oyente que a menu-
do solía escribirme a la emisora.

Se llama Eduardo y ha estado sintonizándome cada noche hasta la emisión por la que me suspendieron temporalmente. La adjunto a mi diario porque, aunque me duela, no deja de tener razón.

Querida compañera Guerra:

Siento mucho el vacío que ha dejado su programa en nosotros «los radioyentes lunáticos», como siempre nos llamaba. Créame que la hemos extrañado todos estos días. Para mi familia y para mí es como si nos abandonara un pariente muy querido.

La verdad es que nos hace falta cada noche como aliciente de nuestras muchas carencias personales; me refiero también al transporte, posibilidades de disipación, dinero para salir a buscar espacios de entretenimiento, etcétera, aunque creo que nada en esta vida es eterno.

Mi punto y el de mi esposa sobre su salida del programa es que, en realidad, usted ha sido un poco irresponsable al exponerse así. ¿No creía acaso que estaba jugando con fuego? ¿Hasta dónde era o no ingenuo su discurso de chica mala, trabajando en un lugar como ése? La irresponsabilidad está relacionada con ese abandono del que culpaba a sus padres. Mal que bien usted también nos ha dejado solos. Entonces, por favor, respete el derecho de nosotros los padres de abandonar el barco a tiempo. Aquí, culpables de abandono, somos todos. Espero estemos de acuerdo en esto. No se me ofenda y tómelo como una buena lección para la vida.

Un saludo enorme,

EDUARDO Y FAMILIA

En la carta de Eduardo y familia se percibe transparencia. No es la primera vez que me advierte con ese tono paternal de quien ve todo venir hacia uno y lo previene. No sé quién es, sin embargo cada vez que estoy en peligro él se anticipa. El paternalismo del cubano es ilimitado. Se lo toman en serio, te escriben sin conocerte. Quizás ha pasado por eso mi amigo radioyente. No lo sé. Es otro de los misterios que nos acompañan.

Me pregunto quiénes son esas personas que se toman el tiempo para llamar a una emisora de radio, escribir a los programas y preocuparse por el que está del otro lado. «El amigo oyente» me causa mucha curiosidad.

Recuerdo una noche, cuando era niña, que a mi madre, en la recepción de la emisora donde trabajaba, la esperaba un señor que traía un radio Bef en la mano; el radio era ruso, pesado y negro. Él quería que mi madre, expresamente ella, le sacara la emisora de adentro. No quería escuchar más esa estación en su aparato.

Quedamos consternados. Alguien le llamó anormal. Para mí, era un valiente, un loco que se atrevía a decir lo que otros callaban.

—¡Sáqueme esta emisora del radio, no la soporto, compañera, ya no la soporto…!

Al menos él buscaba una solución irreversible y no se conformaba con mover el dial de derecha a izquierda.

Sigo armando mi programa casero. Debo irme a la emisora para una reunión urgente y creo que definitiva.

Reunión en la emisora

En el momento que salía del elevador miré hacia la Dirección, apareció mi operador de audio con cara de cachorro regañado. Me besó con los ojos aguados y se despidió. ¿Es éste un adiós definitivo? Puede ser, ya no dudo nada. Soy una irresponsable. Empiezo con las culpas.

Espero afuera, me parece que he vuelto a la escuela.

No sé qué diablos estábamos esperando. Edelsa se sentó en su buró negro, estilo «remordimiento español». Me miró con cara de directora de escuela; pero, en vez de regañarme, comenzó a pintarle barbas, bigote y gafas a alguien que aparecía en un periodiquillo viejo y sepia. Mirar su pluma azul masticada por los bordes me producía asco. ¿No quería hablar? ¿No hablaría en toda la mañana? ¿Para qué me citaba entonces?

Finalmente llegó un «compañero» que ella estaba esperando. Edelsa se activó como un robot doméstico. Tiró el periódico al basurero y, en ese momento, supe que la cara coloreada con tinta pertenecía a El capitán San Luis. Ay, ay, ay. ¡Qué locura!

«El compañero», en cambio, venía contento, sudado y con ganas de hablar.

Me tocó despeinándome y musitó:

—¿A ver, chiquitica, qué nos pasa ahora?

Ah, porque todo aquí se habla en plural, vamos a llamarle: plural de modestia.

—Nada, a nosotras, nada —dije firme como un soldado, con miedo a lo que sucedería, pero firme.

Edelsa puso los ojos en blanco; era raro, miraba hacia atrás, hacia delante y lanzaba al aire sonrisitas irónicas. Ambos se sentaron frente a frente y Edelsa arrancó un discurso que parecía programado.

—La palabra es «suicida». Te comenté que quizás es un tema biológico: su madre terminó con trastornos. Nosotros la ayudamos mucho desde la escuela; ambas son muy semejantes y no me atrevo a culpar a la muchacha. Entre todas las asesoras hemos pensado que quizás en la clínica militar puedan atenderla, hacerle ver las cosas.

Todo eso era dicho delante de mí sin pensar en la idea de ser discretos. Como si yo no existiera. Creo que la intención era asustarme, no le encontraba otra explicación. No quería enterarme de las cosas de mi madre en este tono. ¡Por Dios!

El «compañero» me miró fijo, vació las colillas del cenicero atestado en un cesto repleto y salió a por algo. Nos quedamos atrapadas y mudas Edelsa y yo.

Traté de decirle algo sobre mi madre, en su defensa, pero ella sólo hizo el siguiente sonido señalando las cortinas o el techo, no lo tengo claro.

—Shhhhhhhhhhhhhhhhhhhhhh. —Me abrió los ojos y entramos en un profundo silencio.

Estuve callada seis u ocho minutos. Para mí, una eternidad. Hice mi *promenade* visual: la oficina de cortinas color «churre mostaza», bustos de yeso con la cara de mártires desconocidos, varios trofeos de mármol y tarjas de hojalata un poco corroídas por el tiempo. Imitaciones de micrófonos de la RCA y, sobre todo, libros en perfecto ruso, imagino que sobre política radial, pensamientos de arte y socialismo, diccionarios de español al ruso y viceversa. Fue ahí cuando recordé que esta mujer se había diplomado en una maestría de comunicaciones comunitarias en la Unión Soviética. Mi padre contaba que fue a Edelsa a la que se le ocurrió aquella idea de los cursos de ruso por radio. En fin, sigo vagando por el samovar de madera, las matriuskas empolvadas y sus fotos. La mulata cubana, entre puentes y monumentos nevados; la mujer con *shadka*, sonriente en instantáneas extendidas por el territorio de la oficina. Sitio detenido en el tiempo, con todo el frío de la estepa siberiana, el aire acondicionado al máximo y las postales rusas colocadas por orden de tamaño sobre la caja del aparato helado, ruidoso y también soviético, maltratado, pero ahí, en marcha. Dudo que los funcionarios rusos conserven un sitio parecido en su país. Intocado. Fiel a lo que para ellos ya no existe, una segunda oportunidad.

Por fin nuestro hombre en la puerta. Edelsa le apuraba:

—Lázaro, tenemos que ir hasta el partido a… «lo otro». Resolvamos «esto» de una vez.

Se negó a tomar del café frío que él traía en un cucurucho de papel. Yo tampoco quise, así que me dijo:

—Tienes dos opciones, o vas a que te hagan el test y te nos incorporas en el término que el psiquiatra decida, más tranquila, medida, en plenas facultades, o te damos de baja por peritaje médico.

Edelsa lo miró un poco confundida.

—¿Pero Lazarito, si no va al médico cómo puede salir de aquí por peritaje? Eso no me queda claro.

Yo me puse de pie, le di la mano a Lázaro, por fin «el compañero que nos atiende» tenía un nombre. Pedí unas hojas en blanco, en realidad hojas de papel reciclado con viejos programas escritos al reverso. No sin confusión, Edelsa me extendió los pliegos. Le quité de la boca su pluma azul, masticada y babosa. Mientras ellos hacían silencio espeso y hasta lúcido, yo dejaba mi marca inconfundible. Escribí de pie, claro y en letra de molde: «Me voy voluntariamente por no sentirme capacitada para este trabajo del modo en que se me pide lo desempeñe.» Y lo firmé: «Nadia Guerra.»

Edelsa y Lázaro lo leyeron, y eso era justo lo que no querían.

Ya existía un modelo de renuncia, tirado en esténcil, color azul de metileno: «Hecho a conciencia.» Lázaro miró a Edelsa que reaccionó arrugando con urgencia mi nota, haciéndola papilla entre sus dedos.

—Niña, ya existe un mecanismo que debes procesar. Me extendió ante la cara una planilla gris. —Ésta es la carta oficial de renuncia, si es que no aceptas lo de la clínica, claro, nosotros esperaríamos por eso, tampoco te queremos perder; los jóvenes se forman, no se abandonan. Puso en mi mano el papel del que hablaba: era turbio, aguado, ilegible. No pude con aquello. No quiero ni pensar en lo que me proponían que firmara.

Lázaro preguntó a Edelsa si yo había sido advertida por el partido de la emisora, por la parte creativa, o quizá por los propios trabajadores del sindicato.

—No se trata de paternalismo, pero a los jóvenes hay que ayudarlos, no nacen sabiendo, Edelsa. No creo que la genética sea irreversible, puede educarse. Eso es un fallo del núcleo.

Lázaro me miró a los ojos sin vacilación. Devolví su mirada y agradecí ese gesto suyo. A eso hemos llegado. Son muy pocos los que miran de frente.

Hablan de mi genética como si se refirieran a la taquilla donde guardo las cintas de audio. ¿Qué cosa es esto?

—Compañerita Guerra: ¿algún colega, algún compañero, algún oyente incluso, se ha acercado a usted para advertirle del funcionamiento práctico de este trabajo?

—No —dije haciéndome la víctima.

—¿Está segura, compañerita? ¿Nadie, nadie la ha aconsejado desde adentro, o desde fuera sobre este tipo de exceso en el medio?

—Nadie —le dije con mucha vergüenza, aquello me recordaba a la escuela primaria. Odio los regaños.

—Ella es una suicida como su madre —dijo Edelsa entre dientes.

—Pues me parece más que un suicidio una masacre colectiva, porque perjudica a todos, porque no sales al aire desde tu casa. Nadia, nosotros somos el estado y somos responsables de lo que se le dice al pueblo. Al pueblo hay que darle cosas muy pensadas. Francamente, mi vida, eso de ponerse a hablar improvisadamente, a los cuatro vientos como si la emisora fuera tuya pudo habernos perjudicado mucho de haber sido escuchado. A ti mucho más que a nosotros; no te dejarían viajar, no te dejarían poner la boca en un micrófono en veinte años. Gracias a nuestra vigilia permanente no trasmitimos esa clase de pensamientos desordenados, histéricos. Es un acto impropio de una hija de la revolución, que le debe todo y que es quien es por ella. Muy valiente para ti y muy desatinado para la dirección de nuestro centro. ¿A quién vas a complacer con estos actos de inmadurez? Al enemigo. Tus amigos van a aplaudirte, pero no vas a pasar a la historia por esas pataletas. No nos merecemos esto, Nadia. Hemos sido muy tolerantes contigo y con tu familia.

No sé por qué pero los besé, los besé a la carrera a los dos, para salir de eso, me fui corriendo como una niña malcriada, dejando la puerta abierta, abandonando allí, en las peores manos, la pequeña línea incoherente de mi firma. Era un documento del que me arrepentiría, pero lo considero de colección en mi museo personal. Esto es todo por hoy, queridos amiguitos.

Hasta la próxima.

NOTA

No voy a renunciar a mi programa de radio.
No sé vivir sin sentirme en el aire. Esto ahora lo
hago por mí y por los que me quieran escuchar.

Escribo en el diario

Dos días más tarde resumo la estructura de lo que fuera «Una hora con nadie». Ésta es mi nueva obra, un nuevo programa para entregar mi vida privada a los amigos. De boca en boca… Vida real y música quemada en CD. He aquí mi próximo trabajo en movimiento. «Una hora con nadie» va a ser «La hora de NADIA», el programa más transparente que nunca existió. Un show grabado desde mi computadora, en mi propia casa, y distribuido entre los amigos. Estoy aquí, trabajando esa idea. Ellos existen mientras les demos vida, cuando no estén en uno… desaparecerán. «Lo que se deja de nombrar deja de existir.»

Merci, Moscú

2 DE DICIEMBRE, AÑO 2005

Mechones negros sobre el suelo blanco. Briznas de finos cabellos japoneses caen como pasto sobre mis pies desnudos. Hilachas oscuras y una gota de sangre azul, roja, ultravioleta se expande en el piso cuadriculado de la sala. Ahora un grito en el aire y el timbre, rompiendo nuestra poca intimidad. Cortamos el teléfono y fin del mundo exterior:

—¡Niña, no te muevas que ya me corté el dedo!

Mi padre me peló siempre desde niña. Dejarme el pelo largo jamás, no tenía paciencia para hacer trenzas y mucho menos para curar los piojos que agarraba en la escuela. El sonido de las tijeras en mi oído, la respiración entrecortada por el cigarro y las palabras sueltas, todo eso se parece a mi vida. Papá es mi peluquero, mi consejero, mi enfermero, mi cocinero. Mi padre soy yo.

Unas horas antes de la inauguración del Festival de Cine Latinoamericano, un rato antes del homenaje que va a recibir, por fin ese velorio en vida, para intentar limpiar el dolor que le han causado. Hablamos entre tijeras y agua de colonia, talco, maquinitas

41

de afeitar, esmaltes, maquillajes, guiones con tacha-
duras y ceniza sobre la mesa del comedor.

Papá es famoso, respetado por la élite, adorado
por sus alumnos y atacado desde los sesenta por
todo lo que se atrevió a decir. Querido diario, eso
lo sabes, no me dejarías mentir.

¿Y yo quién soy?: «Yo soy la hija de mi padre.»
Él es mi piedra en el zapato. Mi apuntador, mi
disco rayado, mi pesadilla. En otros lugares de
este mundo mi padre está de guardia, aparece
en vallas, revistas y en carteleras de sus retrospectivas; en las palabras de los amigos que citan
sus guiones. Hubo discos de moda con temas
de sus películas. Mi padre es un gran director de
cine, es un hombre orquesta. El mito que opaca
los espejos porque por donde pasa, nada más puede verse él. Mi padre, él estuvo en los 60, en los
70, en los 80, en los 90 y estará en los años del
2000 porque nada pueden hacer para acallarlo.
Es contestatario, talentoso. No hay otro hombre
con sus medidas para mí. Entonces voy al psiquiatra, empezamos con aquello del complejo de
Edipo. Nada que yo piense, algo que relacionan.
Me agotan buscando donde no hay, donde hay
no buscan porque les da pavor lo que pudieran
encontrar.

Me he ganado las dos becas que pedí, una en
Francia y otra en Estados Unidos. Soy una cazado-
ra de becas y tiro a todas partes, siempre me habían
dicho NO. Ahora me dicen a coro: ¡Sí! Nadie cree
que merezca tal cosa.

Con paciencia, papi corta mi pelo desde hace
treinta años.

—Papá, pedí dos becas y me las dieron, pensarán que es por ti.

—Es por mí, tienes mi cabeza, mi apellido y ahora te tienes a ti.

Desesperada llegué a la inauguración. Soy autorreferente delirante. Las personas siempre mirando los detalles menos importantes, comentando. Seguro dicen: «Ella es la hija de papá. Ella tiene las sobras de papá.»

He tomado una decisión. Esta beca no la usaré para lo que la he pedido. Al diablo el Atelier Calder, al diablo la Guggenheim, al diablo la investigación, al diablo todo. Yo soy Nadia. Voy a buscar a mamá. Yo soy nadie, nada, y necesito saber quién es mi otra parte.

Primero de enero del 2006.
7.30 a. m.

La Habana un primero de enero parece el desierto del Sahara con mar. Polvo, piedras y silencio. Luego el azul de fondo que transcurre como si nada y nos salva la vida.

Conozco poco el amanecer en otras partes; a estas horas, un día como hoy, yo nado en el Caribe. Quiero que el mar se lleve lo malo que traigo en mi cabeza y en mi cuerpo. «En ninguna cabeza cabe el mar.» Los días primero de enero aquí se conmemora todo y no se festeja nada. Primero de enero a esta misma hora: Triunfo de la Revolución, efemérides y banderas colgando de los balcones junto a la ropa interior. La calle parece una pista de patinaje sin hielo, está vacía; no hay carro que frene en la avenida. Todo duerme.

Ya tengo todos los planos de lo que voy a quemar en los jardines de Calder en Francia. Mis esculturas son héroes de hielo y de fuego. Se derriten o se incineran, pero ésos son mis héroes.

Me cuentan que en el castillo de Sachè está nevado el patio.

Cada día fabricaré dos esculturas: una de fuego y otra de hielo.

44

La de fuego: una gran estructura a escala humana, hecha de hojas y de ropas, va a ser quemada. Encendida cada noche sobre el blanco, se verá fabulosa. Ése es el héroe con la cara de mi padre.

La de hielo: una estructura similar, esculpida en la nieve, sostenida con varillas de alambre moldeado hasta lograr un cuerpo de heroína con la cara de mi madre.

Del hielo al agua, del fuego al frío helado. Una se quema y la otra se derrite.

Soy pirómana, me fascina encenderlo todo, debe ser que he crecido entre apagones.

Voy a inmortalizar a mi padre y a buscar a mi madre, es un gesto personal y efímero. Es mi ritual nocturno en la nieve de Calder. «Quiénes son los héroes para el altar de hielo o fuego» sobre el hielo insípido de mi cuerpo se derrite esa agua que viene de mí.

Segunda idea:

La figura de fuego será la guerrillera. Como una de esas estatuas de cera, pienso en las del Museo de la Revolución.

Materiales: hojas, estropajo, botas militares, gorras, uniformes verde olivo. La cara de una guerrillera conocida, al acercarte se ve claramente la cara de mi madre, una entrañable desconocida que arde y se extingue.

La de hielo es mi padre, pero a gran escala, barbudo y monumental, ése es mi propio héroe, creo que me lo he dicho una y mil veces. Varillas, alambres, uniformes verde olivo, botas militares. Maquillajes y pelucas para ambos.

45

Papá duerme en el sofá. Mañana me voy a París y extrañaré la casa, extrañaré Cuba, me extrañaré a mí misma. Voy a nadar. Querido diario: feliz Año Nuevo.

HACER LA MALETA Y LLEVAR LA ISLA

Puse tu libélula rota al fondo de mi maleta vacía. Luego mantas y medias para este frío absurdo en primavera.

Ya sé que leen mis diarios, pero los llevo conmigo. Me quitarán artefactos, clavarán la mano en mi ropa interior.

¡Ah! Pedir permiso para sacar mi cuerpo desnudo en los dibujos, allí van, solapados en la maleta de mi vida. En el vidrio de mis lágrimas. Mamparas de dudas, a contraluz en el deseo de este viaje eterno.

Los discos de mi generación, gritando el miedo, disimulando. Sobrepeso de ideas ocultas, pertenencias que no quiero declarar. Me aterra esto.

Libros de los muertos para sobrevivir.

Libros de los vivos que yo extraño cuando leo sus manos sobre el papel mojado.

Originales, anclas, algas que me hacen emerger de un sentimiento ahogado.

Al fondo de todas las cosas unos mangos pintones, de Pinar del Río, de contrabando; olorosos, delatores.

Arena de Santa María, rones de Santiago y una virgen que ampara para llegar al fondo sin dolor.

Aleteando se va, esta libélula rota, esta cubana despeinada que intenta meter su isla en la maleta.
Trajes de invierno, trusas para el sol.
Viaje interminable en la maleta sin fondo.

2 de enero del 2006. (Libreta roja)

El aeropuerto de La Habana, lágrimas como perlas regadas sobre el suelo saltan sobre «el mármol de los adioses». Resbalo y caigo al piso sin remedio.

Aviones, personas pronunciando sus «hasta luego». Mi padre de pie como un soldado, mi padre diciendo adiós no sé hasta cuándo. Recuerdo hoy su historia loca sobre mi dramática inclinación al llanto. Aquella madrugada en que no dejé de llorar: lo tenía desesperado. Mi madre había atravesado la puerta, yo tenía cinco meses y estábamos papi y yo solos. Probó a darme un biberón de leche. Medicarme con goticas para los cólicos. Mecerme a toda velocidad en el sillón de la sala. Me acostaba y sacaba de la cuna sin resultado. Hasta que por fin, con cara de susto, me puso en su tetilla; el hombre que es mi padre (treinta años más joven) notó que me dormía.

Mi madre volvió más tarde, pero esta vez para dejarnos del todo. Yo tenía diez años. En 1980 se escapó de Cuba. Nunca hemos sabido por qué, al menos no me lo han dicho. Destetada (de ella), acostumbrada ya a los brazos de mi padre, casi sin extrañarla, continuamos nuestra vida juntos.

—Adiós, adiós, nos vemos pronto.

Lloro en silencio mientras la aduana revisa mis libros, mis papeles, haciendo preguntas sin respuestas. La rutina se encarga de ordenarlas. Pienso en mi padre y recuerdo aquella obra: «una parada en el viaje hacia Egipto». El oficial me pregunta muchas cosas, yo le regalo dos perlas de mis ojos *made in Cuba*.

Cansado de decir adiós mi padre vuelve a casa. Yo me quedo en ese limbo situado entre Cuba y el Mundo. «Aguas Territoriales», Isla, Padre, Adiós.

3 de febrero del 2006. París.
Muy temprano

Un mes para conocerlo, cinco minutos para desvestirlo. Una hora para despertarlo.

Pienso en Marguerite Yourcenar: «Nunca me gustó ver dormir a los seres que amaba, descansaban de mí, lo sé, pero también se me escapaban.»

Cuando lo vi llegar con su maleta me encerré en el baño para no saludarlo. No quise hablarle. Me lo presentaron y escapé. Aunque tras el pretexto de estas becas busco a mi madre, puse la mano en el bolsillo de mi abrigo y saqué la foto de mi padre.

Saúl se parece a papá. Mi psiquiatra me quitaría la penitencia. Ya no es un hecho inconsciente, persigo a mi padre hasta la cama. Mi padre en otro cuerpo, mi padre dentro de mí. Se lo dije a Saúl mientras fabricaba sus obras de madera. Él terminará haciendo crítica y curaduría, su mente estropea la buena obra que pueda estar por hacer. La fuerza de su inteligencia mata el resultado.

Teclas de un piano a gran escala. Tierra y nieve a la vez. Saúl no se espantó. Entiende todo. Afeito su cabeza con una máquina que recuerda un artefacto de cortar césped. Saúl mira cómo fabrico a mis padres; él sabe que pronto desaparecerán. Arte efímero. Matar a los padres, decía el psiquiatra sentencioso. Por el momento afeito con la máquina el escaso pelo que queda en la cabeza de Saúl.

Hacemos el amor con la misma precisión con la que su cuchilla rasga los bordes de madera. Es más hermoso verlo desvestirse que verme lanzar mis ropas al suelo. Se desviste perfecto, como una mujer. Posee las claves del desnudo. Cinco minutos y estamos dentro uno en el otro. Saúl y yo sin conocernos, atrapados en la nieve de Sachè. Me golpea sobre la madera y el golpe me gusta, el deseo que contengo me hace derramar lágrimas, las mieles que mi cuerpo esconde van a parar a la boca de Saúl. Abro las piernas como el puerto dejando pasar las luces bajo los puentes. Apetito y sed. Apetito y miedo. Saúl parece cubano, pero no lo es. Huele a ostras cuando se duerme y bajo a beber de su sexo, a tragar de él, acurrucada en él, perdida en sus descuidos, gimiendo.

Con Saúl la verdad es mentira. Le llaman mujeres de todas partes a este *atelier* en el fin de Francia. Saltan correos en varios idiomas. Saúl no dice que me ama. Yo me invento el amor de Saúl. Lo obligo a mentir, lo ayudo a mentir, le doy las herramientas para mentir. Dice que me estima y que está solo. No conoce mi país, ni a mi padre, ni mi casa, ni mi absurdo pedigrí. Ignora los hombres que he sido en cada vida.

Las mujeres que él encarna siguen sostenidas en la línea del teléfono y en su olor. Saúl miente y yo lo dejo herir y herir mi cuerpo con su espada muda, hasta que lo ahogue el dolor de haberme lastimado.

Aquí, «como se puede observar en la lámina», Saúl hace intervenciones privadas en mi alma. Saúl y yo sin saber quiénes somos, haciendo trabajos sobre la nieve. Hechizos sobre el blanco. Magia blanca.

Llamo a mi casa antes de levantar a Saúl. Hay tanta nieve que la puerta está bloqueada. Quiero decirle a papá que conocí a Saúl, que conocí la nieve. Soy yo quien contesta desde La Habana, Cuba. 537.

—«Hola. Papi y yo salimos un momento. Deje su recado y le llamo seguro»... ¡Biiip!

¿Seguro? ¿Seguro que puedo llamarme a mí misma? ¿Qué me contaría? No lo sé. No tengo nada nuevo que decirme. Sólo lo mismo, lo de siempre: que quiero encontrar a mamá.

—Saúl, despierta, la nieve nos tiene atrapados y yo soy cubana. Me hielo, sácame de aquí. Quiero ver el sol, quiero el mar.

—Odio el mar —dijo Saúl rendido, dejándome sola en medio de aquel distante *atelier* en el fin de Francia.

20 de febrero del 2006.
París

Saúl me ha enseñado a esquiar. Un artista dominicano dejó abandonadas dos yaguas y con ellas hicimos los esquíes. Los reforzamos con resina, quedaron firmes y ligeros a la vez. Plumas para viajar abrigados en el aire cortante de este duro invierno. Navaja al viento cortamos el paisaje, dibujamos raíles en el blanco, así nos deslizamos por las lomas de los alrededores. Bajé desde mi cima escondida hasta la escarcha ardiente de su sexo. «Palabra de esquimal», este hombre me gusta, lo quiero, podría creer en él si no mintiera. Verdad es su sexo moreno, mediterráneo, fuerte, impulsivo como esa resaca de la costa tirando de las piedras; arrancando algas, despedazando maderos. Verdad es la mezcla de esta cubana grácil con el catalán fibroso como el ébano, iluminado como los antiguos. A las tres de la mañana, como de él mismo, habla de Kant. Yo hablo de ciclones mientras vemos caer la nieve. Levitamos los dos. Sí, eso es, el Mediterráneo contra el Caribe en medio de un ciclón que defiende esta isla sola. Isla perdida que se quiere tragar el feroz y maquinador Marenostrum masculino, culto, extravagante. Mar sabio, mar que golpea mis muslos tirándome hacia el fondo con sabias palabras. ¿Qué tipo de sexo es éste?

Sexo depresivo, sexo suculento, sexo pasado por Barthes, Beckett, Derrida, Musil. ¡Cuánta gente en esta cama, Dios mío! No entiendo, sólo toco, camino por su espalda con mis dedos y en la punta de mis pies llevo las ganas. Siento agua en mis muslos. Calores, dolores, restos de esperma, que al saborearla se delata. Nieve con mango.

Diario rojo

Saúl es ese barco cauteloso hasta de sus ojos, buque torpe tanteando, sin ayuda del remolcador pequeño, naufragando entre los trenes, tirado por historias inauditas, enrarecidas con su verbo sin alma. Arquitectura cuidadosa de acontecimientos, estructura temerosa del porvenir. Nadie pide más que un poco de fidelidad en el instante en que se intima. Lo demás está allá afuera, revienta nuestras puertas. Por la chimenea entra una lista de nombres femeninos que, en secreto, susurran anhelos a esa «cabeza parlante».

Una y mil veces hicimos el amor sobre esta nieve que no es más que arena de Varadero con olor a nuevo. Hemos hecho el amor afuera mientras mis esculturas arden sobre las noches blancas de Sachè.

Mi cuerpo: siempre sangro las primeras veces. Nunca es gratis la entrega, dejo algo a cambio del amor que se cocina en mí. Rompo un cordón umbilical y me anudo al otro con fuerza. Tres gotas rojas iluminando el hielo. Es hermoso verlas dilatarse a mis pies. Saúl pisa el púrpura, no se ha dado cuenta de la composición. Duele y recuerdas, duele y olvidas.

Mientras habla en catalán acerca de su teoría sobre la fatiga, Saúl cocina el bacalao.

Todo huele a mariscos aun estando lejos de la costa. Huele a mariscos por nuestros sexos mezclados con peces muertos, y asuntos tan picantes como Derrida, Eco, Barthes, uff; ahora entiendo su interés en el concepto fatiga. Pensé que al salir de Cuba yo dejaría atrás toda esta pedantería: «Riqueza y Mundo Interior.» Citar me espanta. Saúl tiene cuarenta y cinco años y se escapa. «A causa de desventuras su alma es profunda y oscura.» Sólo disfruta la música en inglés. No entiende mi apego por la música en español. Defiende su lengua con firmeza, pero nunca escribe ni se expresa en ella. Le pido escuchar algo en catalán. Hacemos un trueque. Saca del fondo de su maleta los poemas de amor, del *Llibre d'Amic*, de Joan Vinyoli. A cambio exige que lea la entrevista «No escribo sin luz artificial».

[Jacques Derrida entrevistado por André Rollin, Mazarine, 1986, pp. 145-152, edición digital en castellano. Anoto un fragmento.]

A. R.: ¿Con el cielo sobre su cabeza...?

J. D.: Pero no lo veo. Hay una especie de ventanuco que abre hacia arriba, así que siempre tengo la luz encendida. No puedo trabajar —y eso forma parte de mi patología personal—, no puedo escribir sin luz artificial. Incluso de día, ni siquiera en pleno día.

A. R.: ¿Con la luz encendida siempre?

J. D.: Siempre con una lámpara.

A. R.: ¿Qué ilumina su papel?

J. D.: ¿Qué ilumina el papel?, la máquina, y eso es lo…

A. R.: Encenderla… ¿es el primer gesto que hace cuando se pone a escribir?…

J. D.: Sí. Incluso en la habitación de abajo, que normalmente es luminosa, necesito una luz artificial suplementaria.

A. R.: ¿No escribe sin luz artificial?

J. D.: No escribo sin luz artificial. Así se hizo la instalación, de este modo, y tengo siempre la sensación de que falta luz. Arriba, por ejemplo, el interruptor está fuera del desván, así que tengo que encender antes de subir.

Si lo hace para molestarme lo ha logrado. He pasado la universidad y la mitad de mis estudios en La Habana leyendo SIN LUZ ARTIFICIAL. Mechones, velas, faroles chinos, reverberos… o el sol mismo, lo que sea para alumbrarme y aprobar las asignaturas o terminar mis trabajos. Le cuento lo que me ha costado llegar hasta aquí, estudiando, viviendo sin luz artificial, pero no me entiende. Trato de no sentirme en desventaja. Él prefiere ignorar todo lo que narre mi mundo anterior. Lo que he sido hasta encontrarnos no le importa. No se puede ser más infeliz, siento el tacón de su zapato clavándome sus ideas en la mente. Vengo de un tercer mundo iluminado por la luz natural. Trabajo en cualquier circunstancia.

Cuántas veces nos quedamos a oscuras en las cabinas de radio, con ese silencio de muertos, ese silencio del estudio aislado para el silencio.

En Centro Habana. Un poco más allá del parque de Trillo, mi compañero Carlos del Puerto (hijo) junto a un gran mechón de luz brillante, estudiaba el bajo en la puerta de su casa. El arco rasgando, tanteando la oscuridad de la cuerda, su pelo suelto, mojado, todo el barrio en penumbras y el instrumento bramando, quejándose en la oscuridad.

¿No escriben sin luz artificial?

No viven sin problemas artificiales. Ni les comprendo, ni me comprenden.

Saúl me entrega textos que complican la conversación a nivel ético, referencial; él habla de arte, yo hablo de vida real. «Vienes de un mundo fértil», me dice Europa le parece cansada. Agota su necesidad de entrenarme como a una criatura desordenada y tribal.

Nuestra conversación no existe, es un mudo hablándole a un ciego con señales. Trago el bacalao en silencio; hay luz, pero siento la misma angustia que genera el maldito apagón. Esta luz artificial no le sirve a Saúl.

Si no escribiéramos sin luz artificial, la mitad de la literatura cubana no existiría. Mis respetos para Derrida; pero, para Saúl, todo mi desgano. ¿Por qué no quiere entender de dónde soy? ¿Por qué su pesada inteligencia, su espesa cultura de hierro fundido, estropea el deseo, el amor, la maravilla de este encuentro? Está inerte.

Por el momento saboreamos su pescado crujiente al vino tinto, denso como su voz, oscuro como su sexo.

—¡Otros sabores, cubana, otras texturas, un poco de mundo en tu boca… para de hablar y traga!

Unta tomate al pan como si rozara mis muslos. Embarra sus dedos redondos, sus codos delgados baten enfermos el aire de la noche, el vino nos transporta, mi boca se hace agua; rojo sobre rojo, tierra y sal. Saúl «pa amb tomàquet».

Como en La Habana, cuando se enciende todo, estalla el frenesí. ¡Vino la luz!

Palabra de esquimal

Por ti dejaré la nieve y esquiaré en la arena, no escribiré grafitis sobre el hielo, tendré acento de occidente y ropas de verano, mis dientes no ablandarán otra piel que la tuya, mi olor se diluye en tu lavanda limpia; así como el esturión pierde el caviar perderé mi nombre, olvidaré el rito del iglú, la mujer y la presa, miraré el deshielo como agua de mi sexo, no regalaré al extraño lo que es tuyo al final de la noche, quedaré en tu cama toreando al fuego, borraré de mi boca el cebo y el pescado, dejaré en libertad los perros del trineo, intentaré olvidar el exilio del hielo, invernaremos juntos mientras duela el invierno.

Sobre el confín del iceberg viajando en la isla blanca sobreviven una lágrima helada de mi madre y el murmullo suplicante de mi padre, tal vez la amnesia sea lo mejor, aunque todo parezca cosa de otro mundo, cazaremos juntos. Palabra de esquimal.

Hay noches en que mi padre acude entre sueños a la punta de mi cama. Debe agacharse bien mi padre, pues aunque sea un sueño, dormimos en un futón japonés, pegado al suelo y él ya tiene sus años, le duele el cuerpo. Nos preguntamos: «Nadia, ¿qué haces aquí? ¿A quién esperas? ¡Corre, Nadia, corre!»

Estoy dormida e intento correr, pero algo pesa en mis pies y no puedo más que despertar a Saúl. Saúl odia que lo despierten y duerme con tapones en los oídos.

—*Es quan dormo que hi veig clar.*

No entiendo nada. Supongo que se refiere a que no duerme como debiera; pero no lo sé. Dormido acude a su catalán, hablar su lengua lo hace más hermoso y viril, pero un hombre que duerme con tapones es un espectáculo muy poco sensual.

Me levanto, camino por la casa. Me pregunto cómo será vivir en el exilio. Me aterra no poder volver. No poder baldear y pisar descalza las baldosas del piso en aquella, mi casa de La Habana. ¿Dónde está mi padre ahora? Mi padre y sus misterios, mi padre y sus películas.

Enfermo, como un viejo lobo, lame solo sus heridas. No quiere interrumpir a su hija. Aguarda su muerte dignamente, tal y como ha esperado, día tras día, su reconocimiento. No lo dice, pero ha soñado ver el cine colmado de un público que aplauda sus películas al final del último rollo.

Soy mi padre con cuerpo y gestos de mujer.

10 de marzo. París

Me han negado la visa a los Estados Unidos. Por el momento no puedo ir a mi beca Guggenheim.

Cambio de planes. Llamo a los amigos de mi madre. Quiero encontrarla. Recurro a mis pistas; nadie dice algo coherente sobre ella. Parecen haberla olvidado, todos son hoy otra persona.

Saúl ha terminado su beca. Miente, miente, dice que sólo va de vacaciones a Formentera y lo hace con una mujer para nadar desnudos y olvidarlo todo. Saúl vuelve a mentir luego de pedir excusas, sigue navegando en Internet para encontrar pareja. ¿Quién diablos es Saúl? ¿Dónde está mi madre?

Llamo a Saúl para quejarme sobre la negativa de la visa. Le digo que entonces iré en balsa desde Cuba y que haré fotos llegando a La Florida. Saúl dice que los cubanos usamos nuestros problemas para ganar lo que tenemos: éxito, galerías, prensa, notoriedad.

He pasado la mañana llorando luego de su ofensa. Repaso en mi mente el arte que se hizo en España y Francia durante los peores momentos de la guerra.

A Saúl no se le ocurrió decir que *El Guernica* fue una invención para el éxito. A nadie se le ocurriría decir tal disparate. Salvando las distancias, los momentos duros generan reacciones duras. Adiós, Saúl.

Localizo amigos de mi madre, pero pocos creen que pueda tener suerte; ella es un desastre. Ha cambiado once veces de domicilio en menos de ocho años. Adjunto cartas a (y de) los amigos de mi madre. Para los que no quieren aparecer como firmantes agrego en mi diario un Derecho Reservado (DR).

Queridos míos:

No sé cómo, pero necesito por fin y con urgencia encontrar a mi madre, cualquier detalle puede ser interesante para mí. Estoy en París, desde aquí toda comunicación es mucho más fácil. Respondan cuándo y cómo recuerdan haberla visto por última vez. El mínimo detalle puede llevarme a ella. Adjunto mi dirección postal y de correo. Besos desde el hielo.

Piensen y reenvíen este mail a todos los que puedan darme noticias. Les quiere y agradece mucho.

Nadia

P. D.: «Cualquier información...»

Flaca:

He visto a tu mamá sólo cuando te comenté. Ese momento en México cuando salió corriendo y cruzó la calle como una flecha al verme, yo estaba a la entrada del hotel con dos amigos esperando un carro para ir a la prueba de sonido. De hecho, me ha quedado siempre la duda de si era o no era ella, pero es que estaba igualita. Si he sido capaz de guardar silencio con algunas cosas del pasado es por el bien de todos; por favor, no te queden dudas de que es ése mi mayor deseo. Lo que puedas hacer para encontrarla hazlo ahora. No dudes en contar conmigo.

DR

Nadia:

Cuando éramos niños y nuestros padres eran amantes que se veían a escondidas, yo sólo tenía ojos para ti. Recuerdo poco a tu mamá. Unas piernas perfectas atravesaban la sala hasta el cuarto de mi padre, luego volvían a aparecer y te arrastraban hasta la acera. A él le preguntaré si ha tenido noticias de la mujer que lo hizo papilla.

Sigo en México, en TV. Deportes. Contra todos tus pronósticos no me he casado y no tengo hijos.

Te quiero,

DIEGO

Hija de mamá:

Acuso recibo de reenvío.

Ella y yo nos despedimos en el Parque de la Funeraria, en febrero del 69. Recuerda que, como la Avellaneda, fui de las primeras en partir. Ya esa joya salía con el innombrable feo y flaco que hoy es tan famoso en la isla bonita. Se estaba haciendo un tatuaje a sangre fría. Que nadie te oculte que la mamita era de anjá. Luego supe que naciste tú y que vivió con tu padre en la casa de mi ex.

En fin, enredos de los sesenta, rencores pasados, cosas que tú no entiendes, no tienes que cargar con ese karma. Olvida el pasado, nena, y vive el futuro, tú que puedes.

Un detalle: pregúntale a Yoko, tiene una peluquería en Miami y para allá va todo el mundo. No tu madre, ella no es de peluquerías. Un beso.

J. Pérez

P. D.: ¡Ah!, ¿y cómo diste conmigo, niña? Estoy en Canadá talando árboles. Jajajajajaja.

Nadia:
Ésta es la idea que tengo de tu mamá, hace mucho, mucho tiempo que no sé nada de ella. ¿Existe o está en mi imaginación? Yo sigo viviendo en La Habana, donde siempre. La última vez que la vi, escribí este texto. No sé si aquí la encuentras pero tal vez la reconozcas.

A Many Splendored Thing

Que has sido o eres el amor
el gran amor de dos o tres personas
te lo han dicho en momentos
suficientemente graves
esas dos o tres personas.

En un momento se excusan y miran su reloj
o te preguntan qué hora es
y casi siempre es tarde, los esperan o no,
eso no importa.

Se despiden mirándote a los ojos
peinándose hacia atrás con los dedos tranquilos
y el gran amor cierra la puerta
cuando salen, con cierta culpabilidad.

Y una vez que bajaron la escalera
se pregunta qué hacer con sus dos o tres
grandes tesoros, ahora mismo qué.

ARIEL

Nadia:

Tu mamá pasó por Miami y se quedó con «quien tú sabes». Nunca me llamó, ni me dejó recado, yo sigo siendo pobre y ella no.

Es una lástima que te dejara tirada por La Habana, siempre fue más mujer que madre. En fin, deberías buscarla por las galerías, dicen que aquí hizo tremendo show y vendió todo lo que trajo. No entiendo nunca nada, primero estaba en la radio y ahora vende su arte. En fin, cada cual a lo suyo. Todas estamos locas, mira Ana M. cómo se mató; nadie es feliz con lo que tiene, ni viviendo en un rascacielos.

Un beso y salúdame a lo que queda de tu padre, que debe estar en terapia para que le hagan tantos homenajes por allá.

Lula

Niña bonita:

He visto el catálogo de tu «Lujo y pobreza» de paso por Nueva York, pero lo descubrí tarde, ya habían quitado la exposición. Es una pena, soy un soldado y no quiero nada con los de la isla, pero tú no tienes la culpa de eso. Iría a ver tu obra con agrado.

En 1979 hice fotos a tus pies y a los de tu madre. Ésa era la época en que nos fuimos con ella a Cienfuegos porque La Habana estaba… infumable. Vendí ese díctico a unos húngaros, así que le perdí la pista a tus pies, espero que sigan siendo hermosos.

Tu madre es visible en las ferias de arte. Anda con alguien muy peligroso (me reservo su nombre). No tengo sus coordenadas pero búscala por el mundo del arte ruso.

Un beso

Espero te des CUENCA de quien soy. Tu admirador.

Nadia:

Fui amigo de tu madre. Me animo a contarte un poco. Te espero el viernes en el restaurante La Closerie des Lilas. 171, Boulevard du Montparnasse, París.

No admito cambio de fechas porque estoy viviendo en Milano, tengo pocas horas libres. Viernes, nueve de la noche, a cenar. Soy bajito y siempre llevo traje negro y corbata roja.

Tercera mesa en la terraza de cristal, a la izquierda, ése es mi lugar. Confírmame. Un abrazo,

PAOLO B.

Radionovela cubana:
«El encuentro con Paolo B.»

SON: MÚSICA ITALIANA: SCARLATTI-SONATA K 430. LLUVIA FUERTE. TAXI QUE SE DETIENE A LA ENTRADA DEL RESTAURANTE. PUERTA QUE SE ABRE Y SE CIERRA. COMENTARIOS BREVES EN FRANCÉS.

NARRADOR: NADIA CON SU PARAGUAS CHINO, DESECHABLE, BAJA DEL TAXI CORRIENDO HASTA LA CLOSERIE DES LILAS, EL IMPECABLE MOZO DE LA PUERTA LA CONDUCE HASTA PAOLO QUIEN, DILIGENTE Y GENTIL, LA AYUDA A SENTARSE, NO SIN ANTES QUITARLE EL ABRIGO ROJO DE FIELTRO QUE LA CUBRE. PAOLO LA REVISA DE ARRIBA ABAJO Y HACE UNA EXTRAÑA MUECA CON LA CARA.

SON: CROSS-FADE MÚSICA ITALIANA, CON SUAVE PIANO QUE DISUELVE A FONDO DE:

EFECTOS: COPAS Y CUBIERTOS, AMBIENTE DEL FINÍSIMO LOCAL FRANCÉS. LLUVIA DE FONDO.

PAOLO B.: Nadia… tu madre y yo intentamos hacer una vida, pero ella inicia las cosas y luego las destruye, puede convertirse en la esposa más brillante y sensual del mundo. Al mes siguiente se aburre, se siente atada, encerrada, hace una catarsis existencial y se escapa. Yo fui una de esas víctimas de la mujer fatal.

Nadie la puede cautivar.

NADIA: ¿Alguna vez la volviste a ver?

PAOLO B.: Hace cinco años en la puerta de Chanel, llena de paquetes. A Chanel uno va por algo, es vulgar ir por TODO Chanel. Entonces era una pelirroja luminosa, hablando un ruso torpe, con dos niños a su lado y un galerista también ruso, bien conocido y muy mafioso, que manoteaba y ordenaba cosas sin parar. La quise besar, pero ella sólo extendió la mano para estrechármela con respeto. Le dije que estaba hermosa, se rio con ese gesto suyo, tuyo, el de arrugar la nariz y subir los ojos bajando el mentón. Tu madre es la mujer que más rápido pierde la memoria en este mundo. Hoy te recita y mañana te expulsa de su mente sin pedirte permiso.

Puede ser mi esposa, la mujer de un ruso, la gran artista, una musa en La Habana de los sesenta y, sin dudas, la hippie que ha sido debe estar escondida en alguna parte. Es muchas mujeres al mismo tiempo. Va a ser difícil que la encuentres. A la mamá, digo.

NARRADOR: PAOLO SIRVE EL VINO Y ARREGLA EL ORDEN DE LOS CUBIERTOS PARA EL SEGUNDO PLATO. TERMINARON SUS OSTRAS Y ESTÁ POR LLEGAR UNA CARNE TÁRTARA QUE ÉL ORDENÓ AL CAMARERO SIN CONSULTAR A LA CHICA.

NADIA: Disculpa, yo de cubiertos sé menos que de mi madre.

NARRADOR: SONRÍEN Y BRINDAN AMABLES Y
DIVERTIDOS.

PAOLO B.: No es posible conocerla. A ella, digo.
Al menos no sé de persona alguna que haya logrado
definirla y acertar. A veces rubia, a veces trigueña,
otras pelirroja… no puedo decirte quién es.
NADIA: Siento que debo ir a alguna parte a…
¿salvarla? No sé si es la palabra, no quiero ser
ridícula contigo, Paolo.

NARRADOR: ELLA INTENTA PROBAR LO QUE
QUEDA EN SU COPA DE VINO Y PAOLO, EN UN GES-
TO ELEGANTE Y RÁPIDO, LE RETIRA LA COPA DE LAS
MANOS.

PAOLO B.: Espera a que cambien la copa. No sé
si te gustan las cosas crudas, pero prueba la carne
y beberemos un vino que a tu madre la volvía más
simpática.
NADIA: Intento probar cosas nuevas, abrir mi
paladar. Quiero conocer el mundo sensorialmente.
¿Mi madre toma vino?
PAOLO B.: Tu madre toma vinos exóticos,
absenta y rones; se bebe la vida, tu mami.
NADIA: ¿Absenta y rones? Lo genial es que la
absenta, si es tomada ritualmente, se consume que-
mando azúcar; el ron, es azúcar. ¿Tú eres cubano?
No lo creo.
PAOLO B.: ¿Lo dices por mi acento? No quise
seguir siéndolo, fue algo que me propuse, la nostalgia interrumpía mis planes, de hecho es algo que
me regresa cíclicamente a la cabeza y entorpece mi

mundo. Me he convertido en un milanés. De otro modo no tendría nada de esto. Vivo allá enfrente, en aquel ático y no en La Habana. Pero en seis horas estaré en Garda, frente al lago, trabajando. Fui cubano, ahora no sé.

NADIA: No reconozco tu acento cubano, hablas como… pero está bien, yo lo entiendo.

PAOLO B.: Te cité aquí para hablar de tu madre. Como no puedo decirte más, es mejor que tomes el postre con un amigo que está allí, solo, en aquella mesita con luz amarilla. Es un artista ruso. Tiene cosas que decirte sobre ella. Si me permites, me levanto, les presento, él viene y yo me voy.

NADIA: Esto parece una novela de espionaje. Me siento como un personaje de *Diecisiete instantes de una primavera*. No me explico por qué mi madre perdió a alguien tan especial como tú.

PAOLO *(sonríe)*: No me coquetees, no arrugues la nariz, no te escondas, así no lo haces fácil… ¿Puedo pedirte algo antes de irme?

NADIA: Si se trata de que pague la cuenta, lo intentaré.

PAOLO: No, yo aquí pago las cuentas a fin de mes, se me acumulan muchas. Es como mi casa.

NADIA: He buscado en Internet y dicen que aquí venían Anaïs Nin y Henry Miller con…

PAOLO B.: Quiero pedirte que aceptes esto, pero no para comidas, ni libros, ni para materiales, quiero que uses la lista de tiendas que aparece en esta guía y la tarjeta con tu nombre. No me gusta verte en jeans, es muy vulgar para alguien que lee a Anaïs Nin y elige un abrigo como ése.

NARRADOR: NADIA REVISA LA LISTA, MIRA LA TARJETA PLATINO. LO MIRA FIJO Y, CASI SIN RESPIRAR, PONE TODO SOBRE LA MESA.

NADIA: Esto es demasiado para una artista pobre como yo. No sé aceptar este tipo de regalos. ¿A cambio de qué?

PAOLO B.: «Somos demasiado pobres para comprar barato.» Regálame una obra tuya. Algo que no sea tan efímero como tu madre. Quiero dejar algo claro antes de irme. Ella nunca dijo tener una hija, pero ustedes se parecen demasiado, te creo porque, además, vienes muy bien recomendada por los que me quedan en La Habana.

NARRADOR: PAOLO B. ABRAZA A NADIA, HACE UN GESTO AL ARTISTA RUSO, QUE SE LEVANTA DE SU MESA Y SALUDA A NADIA. ELLOS DOS SE DESPIDEN CON UN BESO. A LA RUSA. PAOLO LOS DEJA INSTALADOS. EL RUSO Y NADIA BRINDAN CON UNA COPA DE CHAMPAÑA.

SON: SUBE MÚSICA DE FONDO... RIMSKY-KORSAKOV. SHEHEREZADE. BAJA HASTA TERMINAR EN:

20 de marzo del 2006.
Moscú. Rusia. Antigua URSS

Apareció mi madre. Voy en un taxi a buscarla. Sus viejos amigos, antes parias, guerrilleros, artistas hippies, gente pobre, hoy son ejecutivos, empresarios, personas de éxito. Los otros han quedado en el camino. Han muerto o ya no están visibles. El muro lo derrumbaron los fuertes; los débiles se desplomaron con él.

Mi madre está aquí en Moscú, con sus hijos adoptivos y un esposo ruso. En el restaurante, el artista me contó sobre la obra fotográfica de mi madre. Entré en Internet y localicé su galería, y así también su paradero en Moscú. Llamé usando el poco ruso que aprendí en la escuela primaria de Cuba, me las arreglé para encontrarla.

Las calles moscovitas son duras y amplias. Hieráticas, perfectamente trazadas. Hay un frío terrible. Un olor a fuerte, a vinagre, viene de afuera. Huele a pescado, frutas, chocolate y a perfume cortado. Siento que me duele la cara cuando el aire me toca. No he pensado visitar museos. ¿La momia de Lenin sigue expuesta? Deseo cruzar ese puente y subir las escaleras del número 235 para conocer a mi madre.

Carta de Saúl.

Nadia:
Tengo otras cosas que hacer además de responder a tu persecución.

No entiendo a los cubanos con sus rollos. Fui de vacaciones porque no aguantaba más. Estoy ocupado con los grupitos de la calle que organizamos en Buenos Aires desde hace un año. ¿Recuerdas mi agenda negra? No tengo tiempo que perder.

Tú has mentido mucho más. ¿Tu padre está vivo o muerto? Aparece en el homenaje póstumo que organiza la Cinemateca de París, este verano. Hay que ver quién entrampa a quién en este juego de cazadores.

Ana, de Buenos Aires, te envía un beso, dice que se conocen. Aunque no lo quieras, te lo dejo en esta carta. Hasta luego. *Merci*.

Como siempre, Saúl no firma sus cartas.

Moscú es imponente. Esto es el frío.
Se me van a agrietar mis botas nuevas de Hogan, alguien me da a probar el *nalivka* (una especie de licor muy dulce). Escribo cobijada en un elegante café. Abro un mapa para intentar orientarme y leer las guías que invitan a desplazarse por este territorio infinito.

Tengo que visitar el Museo Pushkin, no puedo dejar de ir a la Plaza Roja, al teatro Bolshoi. Aquí la gente me resulta muy cerrada. No conozco esta cultura, coexistimos juntos «allá lejos y hace tiempo», pero en realidad los soviéticos no nos dejaron casi nada y poco sabemos de ellos. Por el camino he visto *boutiques* y restaurantes de todo tipo. La ciudad es enorme, las dimensiones a escala y en lo real son impresionantes. Hay más de diez millones de habitantes; el metro tiene ciento cincuenta paradas. Odio el concepto metro.

Guía de Restaurantes

La primera recomendación es el famoso restaurante Pushkin, un edificio precioso de tres plantas en Tverskaia. Una mansión del siglo XIX fantástica y lujosa. Es el sitio de más *glamour* entre los ricos de esta ciudad, seguro que está repleto de turistas. La cocina abierta las veinticuatro horas y los precios por cubierto suben a medida que cambias de piso: a la planta baja se le llama Farmacia, una cena puede salir por unos sesenta euros, pero en la primera y en la segunda puedes gastar unos doscientos. Es comida del siglo XIX, *cuisine* a la antigua, recetas especiales como, por ejemplo, unos *pirozhki* muy ligeros acompañando diversos cocidos; los *blini* con caviar, platos de caza y pescado ahumado. Suena muy bien, pero juro que no sé de qué se trata; parece que los rusos que vivían en Cuba eran un poquito más modestos en lo que a cocina se refiere. Recuerdo las empanadas de col agria y los huevos rellenos. Recuerdo ir con mi padre al restaurante Moscú en La Habana, un sitio de maderas preciosas laqueadas y enormes. Mi madre lo llamaba «El establo de lujo». Ella se fue pero nos dejó sus nombretes, sus prejuicios, su locura enredando nuestras cabezas. A veces pienso que cuando las personas mueren o desaparecen jóvenes se vuelven mitos con facilidad; desaparecer pronto les concede esa ventaja. No tenemos tiempo para verlas derrumbarse, arrepentirse o decepcionarnos.

Mi padre la cita constantemente, es su clásico predilecto. Un fantasma que se ocupó de alimentar cada día.

Me encantaría invitar a mi madre a ese restaurante que recuerda aquel Moscú nuestro, quizás al piso nombrado Farmacia. Sería de mal gusto traerla al lugar donde desembolsa su dinero la nueva realeza rusa. Ahora estoy en la calle Krasnoznamennaia, justo delante del hotel Mezdunarodnaia, veo en la guía que es una ruta de restaurantes, el dueño de estos negocios es el hijo de un popular actor ruso; Oleg Tabakov. Bueno, se me ha quitado el hambre; vine por mi madre, lo de comer es secundario.

Por poco no me dan la visa para venir. Me parece el colmo, con tantos rusos que vivieron en Cuba, con tanta comida soviética que engullimos, manteca rusa (decían que de foca), compota de manzana, conservas, carne ruso-argentina. Hasta nuestra vida en ruso escuchamos. Es impensable que ahora no me dejaran llegar.

Tuve una relación de amor odio con los muñequitos rusos. Podían ser rusos, alemanes, polacos, pero… les decíamos así: muñequitos rusos. Éramos niños un poco solitarios, los padres siempre ocupados, la televisión encendida, la pantalla en blanco y negro con letras rusas.

Mi generación está marcada por eso. Un país caribeño criado con códigos soviéticos. Vivo en un dibujo animado: Mamuska extraviada y mi padre en una *dasha* perdida lejos de Nadeshda, yo, una matriuska rodando por el mundo real. Sí, todos mis problemas me integran por orden de tamaño. Se esconden en mi interior. No puede ser normal que yo extrañe a: «дядя стпа-милиционер» (tío Stiopa, el miliciano), *Microbi, La princesa rana, El electrónico, Choky, Plumita, Los nietos del cedro, El gorrión abstemio, El pajarito Tari, Aladar Mezga, Relampagueante y Estruendoso, Las aventuras de Anita, La familia Fröhliche, La muñequita Apolonia, Pavel o Paye solito en el mundo, El hombrecito de arena, Leche cortada* con el Cartero Fogón que nos trajo la revista *Muñecos*.

Soy turista en un país que, de algún modo, ya conozco. Ellos hicieron una gran intervención pública en Cuba. Dejaron huellas en nuestras memorias; malaprendimos su lengua y ahora nos olvidaron. Por suerte, en un rapto de «Amistad indestructible» pude arrebatarles la visa para encontrar a mi madre.

Koniec.

Sigo en Moscú en el minuto en que me esperaba Nueva York. Así es la historia. He entrevistado a todos los amigos de mi madre que han contestado mi llamada. ¿Cómo pueden las personas describir tan contradictoriamente a una misma mujer? Ella tiene mil rostros. Le he traído las películas de mi padre. Una de ellas lleva su nombre.

He llamado a Cuba sin suerte. ¿Dónde estará mi padre ahora?

El taxista dice que hemos llegado. Le digo *spasiva*, responde, *merci*.

Toqué a la puerta. No me esperaban. Me hablaban en ruso, luego en inglés, luego en francés. Me preguntaron qué quería. No me dejaron pasar hasta que logré explicarme. Mientras lo hacía, pude revisar el panorama desde la entrada. Al fin fui aceptada. Me quité los zapatos para pisar la alfombra persa. Mis pies descalzos atravesaron la ruta de terciopelo hasta llegar a mi madre. No tomaban el té de un samovar. Miraban la tele y cenaban hamburguesas, tomaban Coca-Cola. Mi madre tomaba el té sentada en el sofá, era la única cara familiar en la sala. Me extendió su taza. No era diferente a las demás cubanas, ¡se parecía tanto a mí! La emoción era impulsada por el misterio. ¡Qué dolor!

La recordaba joven y hermosa en aquel cuadro hiperrealista del Museo de Bellas Artes donde aparece tumbada sobre la hierba. Los años la transformaron aunque en el cuadro siga intacta. ¿Me preguntaban sus ojos negros quién era yo y qué quería de ella? No sentí amor. Sentí que recuperaba el momento, la seguridad de quedarnos juntas en un lugar secreto.

Hoy es 20 de marzo. ¿Celebran algo? ¿Qué celebran? No importa. Como dice mi padre, «Estoy aquí porque he llegado».

Besé a mi madre en un gesto cotidiano, su perfume era el mío, Rive Gauche, lo vi como una pequeña trampa de papá. Me senté en el sofá. Poco a poco me fui deslizando como quien se deja caer en lo imposible. Agarré el mando a distancia, bajé el volumen, cambié los canales. No entendía las noticias. En realidad quería empezar por algo, variar las imágenes, pero todo no se puede cambiar en un día.

Mi madre me miró extrañada, perdida como un pájaro en el supermercado. Yo tendida ante ella y a punto de quedarme dormida. Llegó la hija mayor. La hija pródiga está en Moscú, en casa, en alguna de las casas de su madre. Un poco más y alcanzo el nirvana, pero recordé ¿dónde está mi padre ahora?

—*Merci*, dije mientras probaba el té de mi madre.

Alguien vino con una manta, nos acomodó, volví a cerrar los ojos… y ya. No recuerdo más.

Buenas noches, querido diario, *merci*, Moscú.

He llegado a París, atrás queda Moscú, mi madre espera: avión, tren, auto, Sachè-CALDER.

Reviso correos. Llamo a La Habana sin respuesta.

Carta de Diego.

Hola, Nadia,

Lo primero, agradecerte por permitirme ver las esculturas en Calder antes que nadie, quedarme solo en ese castillo ha sido maravilloso.

Parece que olvidaste mi viaje, por suerte me han dado las llaves y aquí me tienes, husmeando en tus cosillas personales, olfateándote. Mirando tus héroes que se hielan, se incendian y derriten; hielan, incendian y derriten infinitamente, casi antes de que uno pueda recuperarse de ellos.

Verlos desaparecer en la noche y reaparecer al siguiente día es mágico.

Tus ayudantes trabajan rápido. Te imagino como una tirana dando órdenes. Una pequeña tirana del socialismo, diríase correctamente: una tirana de nuevo tipo. Es que no te imagino dando órdenes a nadie.

Estar ante las esculturas y, ante ellos, en el minuto anterior a que los ojos del mundo puedan verlos: es un verdadero privilegio y, sobre todo, un placer.

Tú has sido la mujer que más placeres me ha mostrado. Tocar, mirar, sentir, oler, pensar. Hasta perderte ha sido placentero.

Tu exposición anterior, «Lujo y pobreza», ¡me gustó tanto!, pero esto es algo superior, de alcances inmensos. Empiezas a mirar hacia arriba y de pronto te aplasta todo en espiral. Entre los rostros, los uniformes y el viaje constante al país de nuestra memoria, aparecen tu madre o la mía, tu padre o el mío, y es que no lo sé, simplemente no puedes parar. Tu cabeza no está organizada; pero tu subconsciente, sí. Pareciera que en esas ropas se unificara la lírica y la épica de toda una nación, de un sitio que me pertenece porque lo quiero como a ti.

Qué bueno estar sin ti y estar a tu lado, juro que se siente como cuando aterrizo en La Habana.

¿No estabas aquí… o es una broma tuya? ¿Deseabas que el reencuentro fuera con la obra y no con el «bicho» que eres y has sido para mí? No lo sé.

En todo caso, regreso a México sin verte, desde el París helado de mi adolescencia, desde La Habana ardiente de nuestra infancia. Entre héroes y tumbas te recuerdo… Nadia. Estamos a punto del Mundial, conoces lo que eso significa para un periodista como yo. Estoy en «chinga»: estoy en guerra, movilizado. Pero me voy «contento y desnudo» como dijo alguien que no olvido.

Besos y gracias por la cama vacía, enorme. Gracias por «el té y la simpatía» de tu ausencia.

Me gusta cada día más.

Tuyo,

DIEGO

P. S.: Mi padre no recuerda cuándo vio a tu madre por última vez. Lo siento. Creo que es mejor que olvide.

¡Uff!, ¡Dios mío! Se me olvidó Diego en París. Me escribió y casi dormida le envié las coordenadas para que pasara unos días conmigo. No puede ser. ¡Mi madre!, ¡mi vida! Mi cabeza no puede con tanto. Me caigo. Intento recordar cuál era la canción que le gustaba a Diego cuando teníamos nueve años. Espera… la tengo aquí.

Voy a la computadora para agregar eso a mi eterno programa de radio. Se lo envío de regalo. Un pedazo de programa para Diego. Un pedazo de obra sonora. Un fragmento que alivie mi descuido. La radio ayuda a los solitarios, a los insomnes. En su letargo escuchan una voz, un acento o una melodía que trae un sentimiento. El papeleo furioso de nuestras cabezas rotando en círculo, viajando de la noche al día, resistiéndose frente al sueño.

Un programa para Diego

Buenas noches, Diego: este programa es para ti. Sólo para ti. Por fin encontré a mami. Tuve que escaparme antes de que llegaras. No esperé por nada. No pude pensar. Salí en cuanto pude. Me llevé los abrigos y el mapa de su cara en mi cabeza atolondrada. Antes de contarte más, te voy a regalar esta canción. A los nueve años la cantábamos juntos en la cabina de radio donde hacíamos: «Buenos días, amiguitos.» Todos se reían de cómo tratabas de esconder tu acento mexicano para hablar por los micrófonos oficiales. ¿Te acuerdas de este tema? «Lo Feo», de Teresita Fernández.

A las cosas que son feas
ponles un poco de amor
y verás que la tristeza
y verás que la tristeza
va cambiando de color.

Mi Diego: cuando estuve en Moscú no vi nada que me conmoviera especialmente, era como si ya esperara todo aquello. Lo único que pudo sacudirme fue la cara espantada de mi madre. Te juro, querido Diego, que encontrarla ha sido perderme. Tengo que volver a casa, pero con su mano aguantada. Debo guiarla. Ella se ha ido de su cuerpo. Habla incoherencias, delira. Su mente se ha escondido en alguna oscuridad, está sumergida y no la encuentro. Es curioso, a veces acierta en sus desvaríos, pero yo sé que ya no es la misma mujer que dejamos de ver a los diez años.

¿La recuerdas dirigiendo nuestros programas infantiles detrás de la consola de sonido, hablando como un perico desde sus micrófonos a nuestros audífonos?

Ya no es la misma. Fuimos juntas al Museo Pushkin, pero no atendía las obras y eso me mantuvo dispersa desde que pasamos la primera sala. No hice apuntes en el diario. La veía nerviosa, escapándose de allí, viajando lejos con la mirada.

La fila de acceso era inmensa; luego entendí que más bien había dos filas y la mayor de ellas terminaba en una exposición sobre Coco Chanel. Era bien ilustrativo, ahora mami viste todo Chanel. Quiero repatriarla a Cuba por razones que ya entenderás, pero no la imagino vestida así por las calles de La Habana.

Entramos al museo, es espectacular; goyas, matisses, monets, toulouse-lautrecs. Quise verlos con detenimiento, pero los miraba nerviosa sin dejar de guiar a mami, no quería perderla en la muchedumbre.

Bueno, Diego, sigo contándote lo que ocurría mientras tú me esperabas en Calder y yo encontraba a mi madre en Moscú.

Hablemos en este programa hecho a tu medida de: el metro moscovita

¿Sabes que las estaciones tienen un nivel de decoración muy especial? Todas son diferentes: tienen columnas, inmensos plafones, grandes lámparas colgantes, esculturas alusivas al hombre nuevo soviético. Sin dudas fue un homenaje al campo, al obrero, al atleta y a Lenin, a Lenin, a Lenin.

Te cuento que el Bolshoi y sus alrededores estaban en remodelación. Aun así, pude ver «La reina de espadas», basada en el relato de Pushkin, con música de Tchaikovsky. Cuentan que el teatro está construido sobre las aguas del río para que la acústica sea impecable. Está en una zona llena de restaurantes muy agradables.

Por último, la parte esencial de esto, a lo que siempre quisimos ir desde niños. ¿Recuerdas?

Mi querido y único radioescucha de la noche. Has de saber que la Plaza Roja es un rectángulo, cuyos lados horizontales son enormes. De una parte, el Kremlin con sus múltiples edificios, palacios e iglesias, encabezado por el mausoleo de Lenin momificado. En la otra se levanta un centro comercial. Un auténtico templo del capitalismo; las *boutiques* más caras y exclusivas se localizan en esa inmensidad, como para que el camarada Lenin se esté convulsionando en su formol.

Domingo en la Plaza Roja; la cola para entrar al mausoleo era infinita, pero tenía que hacerla. ¿Cómo no resolver ese morbo cubano de toda la vida? La necrofilia de la foto del Che muerto que tanto he criticado empezó a caminarme por dentro.

Al final Lenin acostado allí y yo afuera, sin poder verlo. No, no y no.

Pero… vamos a escuchar una canción juntos y sigo contándote, mi querido Diego. Un beso a media noche, en la frecuencia modulada de mi pequeña máquina de sonidos.

¿Recuerdas cuando en La Habana nos metíamos debajo de la colcha, en nuestra casita de campaña, alumbrándonos con la linterna? Me pregunto si nacimos entrenados para vivir en campaña. Escucha este himno, ¿a que no se te ha olvidado la letra?

Pionero soy de corazón.
Y acamparé con ilusión.
Nudos haré y acamparé…

Cuántos recuerdos me trae este himno de los exploradores, Diego. No te imagino conduciendo tu auto en el D.F. y cantando este tema de nuestra infancia. Mucho menos narrando un juego de fútbol en un mundial y de momento escucharte decir: «Un cielo azul y un redondel es el dibujo de un niño.» Somos bipolares. ¿Por cuánto tiempo resistiremos estos recuerdos? ¿Podremos bloquear todo lo que fuimos?

Sigamos con Lenin.

El momento trágico pasó rápidamente. Luego de hacer la cola a la intemperie; dos horas sin nada que leer. Sólo traía al bueno de Derrida conmigo y no quería poner aún más peso sobre la Plaza

Roja. Yo, entrenada para estos trances, me atacaba de los nervios. Miraba, examinaba una y otra vez cada rincón de la plaza. Abrí un cuaderno e hice seis bocetos de ángulos diferentes. Por fin, cuando casi me convertía en una de mis estatuas de hielo, Lenin.

Me desnudaron en la puerta, me hicieron pagar por quitarme los abrigos. Quedé en ropa interior. Uso camisetas de dormir y calentadores largos de *ballet*. Eso fue lo peor de todo, en paños menores, bajo la sombría luz del mausoleo: yo, que no me quito el abrigo ni para ir al baño. No tengo esa cultura del frío para vestir, era Yo, Nadia, la replicante de la viuda de Lenin, en ropa interior dando vueltas como una mariposa bruja alrededor del espectro. Me despojaron también del celular, hasta del pudor me despojaron. El «despojo» ocurrió en muy mala forma. Gritos en un inglés incomprensible y alaridos en un ruso dramático y movilizativo. Pero a eso, querido mío, ya estoy acostumbrada.

Ay, Diego: ¡qué rico es quejarse por tu radio independiente de las cosas que no te puedes quejar en tu emisora! ¡Qué alivio me da esto!

Diego querido: aún no te he preguntado si has estado allí. El ritual: entras, circulas alrededor de la momia amarilla, no puedes pararte, y ni hablar de estarlo mirando un rato largo. Cuando parecía que Vladimir iba a guiñarme un ojo diciéndome: «¡Nadeshda, esposa mía, sácame de aquí, ya me exhibieron demasiado tiempo!», fue a mí a quien echaron a empujones del lugar.

Toda la vida soñando con ese espectro. Era tal cual lo imaginamos en la infancia.

Siempre me dio miedo la cara de Lenin. Aparecía en mis pesadillas cada noche. Me encantaba sentir el escalofrío del miedo. Ahora sí que me da terror. No es lo mismo imaginarlo allí que verlo acostado para la eternidad.

Al final del viaje, en la despedida hablé con el esposo de mi madre. Ella sufre un grave deterioro del sistema nervioso central. Puede ser alzheimer, pero no están seguros. El ruso quiere desembarazarse del asunto. Me la devuelve con papeles y todo.

Diego, ¿piensas que debo regresarla a Cuba? Sus hijos adoptivos no logran comunicarse con ella. Es una carga para todos. La abandonan como una vez nos abandonó. Todo vuelve al mismo punto. Comparo el hoy con el ayer y no logro entenderla. Si huía de algo tan terrible, ¿por qué me dejó en lo terrible?

Hay que cuidarla, está muy delgada y llora todo el tiempo. Dice incoherencias y sólo habla español. No me reconoce. Estoy sin raíces. Sin pasado. Sin hogar. Me siento como si me halaran por detrás, prendidos del abrigo, mientras intento caminar hacia delante.

Quiero que me cuentes si has estado en Rusia.

Quiero que me cuentes tus recuerdos conmigo. ¿Cómo era yo la primera vez que nos vimos? Tengo perdido ese día en mi cabeza. No sé de dónde vengo.

Deseo adoptar a mi madre. Voy a cerrar mi propio círculo.

Escucha… no te olvides que esta emisión es únicamente tuya. Aquí está esta canción que le encantaba a tu padre. Es Vicente Feliu quien la canta. ¿Te acuerdas?

Créeme,
cuando me vaya y te nombre en la tarde
viajando en una nube de tus horas,
cuando te incluya entre mis monumentos.

Créeme,
cuando te diga que me voy al viento
de una razón que no permite espera,
cuando te diga: no soy primavera,
sino una tabla sobre un mar violento.

Adiós, Diego, perdona mi canción hiperrealista, espero la recuerdes y te duermas bien conmigo. Un beso en la mejilla y hasta que nos volvamos a ver aquí, o caminando por este mundo.

Recuerda que acabas de pasar… «UNA MADRU-GADA CON NADIE».

Carta de Diego
pegada en mi diario rojo

Nadia, chaparrita: qué lindo programa me has enviado. No sé cómo agradecerte desde mi soledad. Claro que los recuerdos de la emisora vienen a mí. Cuba es maravillosa, su música y su luz bastan para borrar los malos momentos. Admiro tu entereza, apoyo lo que haces por tu madre y me pregunto si no puedo hacer más por papá. Ahora veo que somos una generación jodida, como la memoria de nuestros padres.

Tengo mucho que contar de ti, pero quisiera hacerlo personalmente. No pierdo esa esperanza aunque siempre me dejes plantado.

Tu primera imagen también la he perdido. Recuerdo aquellas piernas bien torneadas de tu madre. Su mano llevándote a ras de suelo con tu ropita negra. Nunca más he visto una niña de nueve años con un vestido negro-luto. Sólo alguien como ella podía diseñar vestido semejante para una niña pequeña de ojos luminosos. Claro, se trataba de escasez y de emergencia, pero era extraño ver ese color en tu cuerpo desde tan temprano.

Cierro los ojos:

Te veo comiendo gofio con leche condensada frente a la tele de mi casa. Me contaste ese día que en la tuya no tenían tele.

Desfilas conmigo en una banda de música pegada a la fila de varones. Eras «La batutera menor», marchabas a la cabeza, tu pelo bien corto, movías con ritmo tus nalguitas cubanas. Me tomabas la mano cuando no la llevabas en la cintura. Marchabas seria, mirando adelante, hacia el final del desfile.

No olvido cuando te aprendiste el himno de México para mi cumpleaños, pero confundías las palabras, decías cosas muy raras. No sé de dónde sacaste esa versión.

El día que repartían los juguetes: Básico/No Básico/Dirigido.

Tu madre no llegó a tiempo a la tienda y a mi padre no lo dejaron pasar contigo. Perdiste el turno. Recuerdo tu cara al verme salir con mi flamante caja de juguetes. Y tú sin nada, mirando con desesperación. Luego jugamos «Pelota y fútbol». Yo con juguetes y tú sin ninguno. Todavía siento culpa, eran juguetes para cubanos y yo era: el extranjero. Me enseñaste a batear. Jugabas como un macho remacho en el terreno. Nunca entendí dos cosas:

¿Por qué eres tan femenina, tan coqueta, tan hermosa y, a la vez, tan firme y tenaz?

¿Dónde estaban tus padres?

Eras la única niña cubana que se bañaba casi desnuda en el mar. Me encantaba verte sólo con la parte de abajo del biquini.

El día de mi despedida me dijiste:

—Voy a ser siempre tu novia, tal vez, la madre de tus hijos.

Me besaste en la boca muerta de risa y saliste caminando despacio hasta casa de tu padre, justo frente a la nuestra. No dijiste adiós. Ya tu mamá andaba por el mundo y tu padre era una sombra que intentaba cuidar de ti.

Luego nos volvimos a ver, pero ya no éramos tan niños. Ése es mi gran momento dentro de ti.

Sí he estado en Rusia. No quise ver a Lenin. No me gusta volver al pasado. Sólo tu cuerpo me obliga a regresar.

No me olvido del tema «madre».

Hoy es demasiado para mí.

Te llamo mañana, prefiero escuchar tu voz. Enciende tu teléfono, por favor, cubana. Tú sabes, te adoro.

Diego

No voy a contestarte las llamadas, Diego.

Mi familia se extingue y sólo me quedas tú. Mi madre es un juego de yaquis, la memoria desperdigada en pedazos de una inteligencia rota.

A papi hasta lo programan en retrospectivas sobre autores muertos del cine latinoamericano.

Mi padre es lo que agoniza.

Camino entre muertos, avanzo en mis proyectos con las botas de guerra y el poco valor que me queda para seguir trabajando por ellos.

Eres la única persona segura de mi vida. Correría hacia ti para pedirte matrimonio. Una vez convencidos, viviríamos felices y en paz. Algo tengo claro: no deseo ser feliz hasta completar el ciclo que termina, lo sé, con la muerte de mis padres.

Yo no puedo contestar tus llamadas. Ni verte. Entonces dejaría todo por ser una mujer normal. A tu lado siempre he tenido la oportunidad de abandonar mis traumas. Vivir contigo es no tener pretexto ni para la queja ni para la desobediencia. No es el momento.

NADIA

P.D.: Hoy es 4 de abril, Día de los Pioneros.

Carta de Diego en mi diario rojo

6 DE ABRIL, MÉXICO, D.F.

Nadia:

Basta ya de empezar a idealizar tus proyectos y tu existencia; tu aspiración esencial es la armonía. Nosotros los judíos cantamos siempre a lo que nunca hemos tenido: *shalom*, paz. En un esquema católico donde lo relevante no es esta vida terrenal sino lo que sigue, poco importa. En un entorno budista, donde simplemente cumplimos el trámite de una de tantas y tantas vidas, tampoco hay problema. Saliendo de esas concepciones, la realidad es que no vivimos, anhelamos que quien nos suceda viva en plenitud.

Por favor, mi niña-hermana-mujer-alebrije, sé feliz como quieras, pero sé feliz.

Cuando te conocimos, mi padre y yo estábamos allá por algo conectado con la muerte de Trotsky. Algo peor, con el asesinato de Trotsky. Nunca he querido saber de qué se trata, tampoco ahora, pero mi padre no tiene paz, y no deseo participar de su esquizofrenia.

Nadia: no entiendo ese apego tuyo al sufrimiento. Te deshace y te derrota, ¿ya no eres la heroína que conocí?

Las guerras en las que te enrolas no te han pertenecido, ni a ti ni a nuestros padres. Hay que elegir las batallas, aunque los diversos *establishments* insistan en que, efectivamente, la cruzada de turno nos involucra y que debemos vivir agradecidos por todos los litros de sangre derramados.

Hay que elegir a los enemigos con sus guerras. Teme más a tu cabeza que a tu apellido.

Pequeña Nadia. Gracias por tu programa de radio, lo pongo cada día para dormir. Adivinaste mi desvelo. Eres mi canción de cuna. Padezco de severos problemas de sueño; a estas horas de la madrugada también me visitan los viejos fantasmas heredados. No los dejo pasar y en el esfuerzo quedo insomne. Me jode confesarte que he sido cobarde. No me parece prudente mentir con un tema así.

¿Me creerás la siguiente confesión?: nunca más he dicho «te amo». Sólo a ti, sólo en La Habana, sólo contigo.

Sí, al volver a tu isla lo he visto, la mitad de Cuba ha cambiado: ¿qué queda?, ¿la ilusión del pasado?

Tu madre dijo una vez algo que mi padre repite. Es una leyenda afrocubana: «El perro tiene cuatro patas, pero elige un solo camino.»

Cuando quieras venir por esa ruta, házmelo saber.

Siempre tuyo,

Diego

Lista de amantes de mi madre

Coco
Pablo
Sebastián
Lujo Rojas
Enrique Díaz Caballero
Jorge Maletín
El trovador
El afilador de tijeras
Armando
Nicolás
Waldo
Paolo
Ed
Gabriel
Ernesto
Lama

Querido diario:

Es 12 de abril y París me está matando. Debo completar esta lista de nombres. El asunto es conquistar a quienes puedan contarme sobre mi madre, ella no puede decir mucho.

Iré a ver a Paolo esta noche, elijo ropa interior nueva en una tienda muy original. A cada cual habrá que conquistarlo de un modo diferente. No pienso ceder.

Haré lo que sea para saber cómo era mamá. Ya no tengo escrúpulos, los dejé en La Habana antes de partir.

Elijo entre las perchas. Los interiores negros me parecen ridículos. Mejor compro los rojos. Adoro la ropa interior, me encantan estos diseñadores. Hablan sobre el cuerpo, se expresan en un diálogo fantástico que viaja entre el desnudo y la transparencia. Cargo con dos piezas menudas para asustar a Paolo B.

En el edificio de Paolo hay un portero que avisa arriba, así que al llegar ya estaba informado de que subiría. Abre la puerta con un pijama de seda japonesa y un perfume que inunda la ciudad.

Las paredes están llenas de cuadros inmensos, en su mayoría de autores cubanos. Es impresionante ver un Servando enorme en París. Un Amelia Peláez iluminado con alógenos. El Portocarrero vibra sobre estas paredes, suena como si tuviera música. Un diminuto ensayo sobre un toro de Picasso. Una marina de Romañach, pedazo de Varadero que cuelga en la esquina de esa pared, húmedo como si acabara de llover. Sobre un cristal, un grafiti: «¿Siempre te atraen las mujeres dañadas? / No sabía que existiera otra clase», Philip Roth.

Paolo B. entró con una copa del vino que le gusta a mi madre.

Nada de música.

El sonido suave del deshumidificador y algo que preparaban en la cocina.

—¿Vienes de regreso? ¿Cómo anda ella?

—Vengo por una lista.

—¿Una lista de personas que puedan encontrarla?

—Ya la encontré. Ahora necesito saber quién es.

Paolo intentó quitarme el abrigo pero no lo dejé. Tenía una sorpresa para él. Me miró como un viejo lobo que adivina su presa. Yo me hice la niña mala. Era un convenio silencioso, lo que fuera a pasar pasaría en cuanto mi cuerpo se desprendiera de la piel artificial. No puedo creer lo que voy a hacer, pero me divierte mucho.

—Déjame intentar con la lista que tienes. Quizá yo pueda completarla.

—¿Qué hay para cenar?

—Una comida de culto para tu generación, cubanita: puré Saint Germain, *omelette* de queso, arroz blanco y una banana en la esquina del plato.

—Chícharo, tortilla, arroz y plátanos, como en la mejor época de la escuela al campo.

—Acaban de irse los empleados, si deseas comer otra cosa vas a cocinarla tú solita.

Me quité el abrigo de un tirón e hice un salto mortal hasta el cuadro de Servando, ¡ah!, y sin romper nada.

Recordé cuando era gimnasta en la escuela y mi padre me pedía precisión y concentración. Las piruetas estaban calculadas, mis lazos rusos no caían al vacío, yo era la campeona, nadie pudo nunca quitarme ese lugar. Las pérdidas las recobraba con medallas.

Hice varios giros, tomando medidas con las piernas alcancé los extremos del ejercicio. Piruetas justas para no tirar al suelo un solo jarrón o un objeto amanerado, recargado, de aquellos que enrarecen la sala de Paolo.

Él pensaba verme desnuda, pensaba que por eso no me quitaba el abrigo. Pero estaba más vestida que un general de ejército en desfile.

Ahora yo en el aire, casi tocando los alógenos, en equilibrio con la noche, subida sobre las tuberías de la calefacción, como una mona de circo intentando un triple mortal hasta sus brazos.

Llegué viva a su boca y lo mordí en lugar de besarlo. Paolo no daba crédito a aquel *performance*. Sabíamos que todo era un truco: movimientos de estática y dinámica programados artificialmente. Gimnasia artística. Nadie miente mejor que un cubano en esta situación. «Miénteme más», parecía escuchar de sus labios.

Ya él me había descubierto vestida de completo uniforme, ya había registrado mis muslos fuertes, mis piernas entrenadas y firmes con sus ojos rojos de la ira. Yo era una pionera con pañoleta y todo. ¡Una pionera comunista en esta casa! Pero ¿qué es esto? De pronto ya estaba en su boca, lo besé fría y torpe, en bruto, como le gusta a ese tipo de expertos. Bien torpe para luego poder ser instruida. Ellos quieren instruirnos, nosotras debemos dejarnos instruir. Yo lo he aprendido al dedillo, mi lista está llena de dictadores, me gustan los dictadores en la cama. Para qué negar eso al filo de esta situación ingrávida.

Hicimos el amor de pie, contra el cristal de la inscripción. La pionera seguía vestida a pesar de todo. Paolo es un experto en separar los interiores y casi ahogarme con la pañoleta mientras me penetraba una y otra vez, una y otra vez. Pateé la lámpara de la esquina y no importaba nada, podía ser Tiffany's, daba igual, todo lo que destrozaba era mucho menor a lo que le estaba haciendo a mi madre.

Paolo me cargó y me tiró al sofá. Rompió a pedazos mi uniforme, el corazón latía con fuerza, aun allí me resultaba terrible el acto de romper, nada más y nada menos que la prenda escolar. Le pegué con fuerza y escalé en él, como sobre la barra fija, con el eje longitudinal de su cuerpo. Siempre anhelé ser una deportista en el amor; la mente en blanco y el cuerpo en situación. Fuerte el zarpazo, un jirón de su mano destrozó la falda, es tan hermosa y cruel esta destrucción.

¿Mañana qué diríamos en la escuela? Pensaba aterrada y frenética. Fin del mito.

Me encanta domar al viejo lobo. Saltando juntos, como escapándonos. Viajando lejos, es un lugar intermedio: ni Cuba, ni Francia, ni él, ni mami, ni yo. Un lugar que se nos parece, mi sexo se lo traga como níspero maduro, siento a Paolo tan mojado que me atraviesa y llega a un sitio desconocido. Aunque él quiera olvidar su instinto, su patria es su cuerpo.

Desecho toda mujer que he sido antes con otro. Su sexo duele, tiemblo mientras me desgaja. Ya ganó.

Que no recuerde nada, que anule las culpas y el miedo. Que destroce lo que quiera, yo soy la fuerza que lo espera y vence siendo destrozada. Balance y centro. Diámetro oculto entre mis piernas. Paolo aparece debajo de mí, yo resbalo y muero débil, ya no aguanto el gemido. A la lona.

Mis carcajadas infantiles lo empeoraban todo. Paolo es el hombre más intenso que he conocido. Ahora la furia se había vuelto candor, quizá toda esa agua de mi cuerpo bendecía con ternura al cubano más amnésico del mundo.

Yo estaba loca de ganas, él estaba loco de felicidad. Tremendo viaje a Cuba que está dando conmigo en este sofá. Nos pegamos y nos acariciábamos. Golpes y caricias. Besos y ardor. Duro, suave, lento, dulce. Un adagio, una especie de dolor que se convertía en placer hasta estallar juntos. Sentí a Paolo como a nadie dentro de mí. Decidí dormir mientras él servía la comida de la escuela al campo. Más bien la comida de Les Champs-Élysées.

No lo dejé verme desnuda. Le dije que en la escuela teníamos una tradición. Firmar los uniformes antes de graduarnos. Le mostré mi espalda, quise que anotara en la camisa blanca los nombres del resto de los amantes de mi madre.

Paolo me arrancó la camisa.

—En mi generación nos tatuábamos la piel, éramos un poquito más valientes que ustedes. Tu madre tenía una rosa de los vientos en la espalda. ¿Quieres o no quieres los nombres? —dijo amenazante, con un aparatico de repujar y colorear entre sus dedos... tatuados de ganas por empezar todo de nuevo.

Volví en mí del deseo, completamente aguada sobre el sofá. No sé por qué mojamos tanto la tapicería. Paolo será menos para mi madre, pero para mí ya es demasiado. Parece que en los sesenta el sexo sí era duro. ¿Será por eso que una nació así? En fin... Esperé a que se fuera a la cocina, me puse el abrigo y le escribí sobre el mismo cristal de los grafitis, con mi creyón de labios: «Aquí estuvo la última pionera.»

Tiré la puerta. Partí sin lista. Sin decir adiós.

Querido diario: Regreso a Cuba.

Segunda parte

DOLOR Y PERDÓN

*La niña que aún eres querría guarecerse, mas no
hay dónde: dunas, páramos. Pedir auxilio —¿a
quién, a los cadáveres?— o rendirte al invasor. Nadie te oye: quedan tú y el djinn que te acompaña.
Para el enemigo eres una cifra, el precio de una
idea, y los tuyos desconfían de una mujer que viaja
sola e ignora sus dictados.*
*Caminas descalza, Laila, sobre las ruinas de tu pa-
tria. ¿Algo nos une? Tu andar de noche.*

JORGE VOLPI

Cuba queda en Cuba

Como Cuba queda en Cuba y no pueden lle-
vársela a otro lado, aquí regreso yo. Vengo para
enterrar a mi padre. Aquí están las tumbas y las
flores; los teatros con apellidos célebres y las joyas
perdidas en la urgencia. Las playas para nadar sola,
en la profundidad nublada por el remolino de
arena, ciega por las algas y el polvillo revuelto
de caracolas cernidas.

Escucho las risas de quienes nadaron conmigo hasta el primer y segundo veril de mi infancia.
Ellos siguieron de largo, yo vuelvo, insisto, me doy
el baño de mar en mi playa de recuerdos. «Somos
pobres», decía mi madre cuando al final de la tarde
tenía hambre en estas playas, mientras esperábamos un camión para volver, o un autobús despista-
do que nos reconociera al anochecer. «Somos muy
pobres, Nadia.»

Guardo fotos del naufragio, bibliotecas forra-
das o desnudas durante las vacaciones del eterno
verano de mi vida. Soy un verano infeliz, fiestas de
sábado en la noche, salpicada de confetis, cervezas
olvidadas, y conciertos de la trova sobre escalinatas
o arenas negras.

Soy mi último verano y el primero de muchos
sin mi padre. De algo estoy segura: después de cono-

cer la nieve ya no soy la misma. Vine huyendo del frío y me recibe una gélida humedad.

El frío ha despojado de mi piel esa desnudez perenne y liberadora que el calor posó en mí como un don. He olvidado aguantar el ardor sin quejas. Ahora el ritual es reconquistar el sol en mi piel, olvidar la presencia desorbitada del invierno. ¡Y ya! Que aquí el calor no te deja pensar demasiado. Ahora no sudas, el norte se lleva pedazos del malecón y esa es toda la frialdad que nos corresponde. Esta es La Habana. Así es ella. ¡Cuánto se me resiste!

No la estoy comprendiendo a través de mi proyector ruso. Es La Habana, se mira y se le entra de frente. Con eso no se juega.

Del aeropuerto al hospital, toda la noche a la espera de la muerte de mi padre, y luego, al amanecer, al museo. Cada vez que regreso voy a la sala de arte contemporáneo a rezar por los que ya no están.

Esta es La Habana. Mudéjar, neoclásica, *art nouveau*, ella resiste y permite todavía ver los restos de una arquitectura que no se deja definir. Ésta es La Habana. Para el tío Matt el viajero es una ruina, una ciudad conquistada por los orientales, no por los chinos, o los indios, sino por los orientales de la cuna del son. Para otros, un teatro a pleno sol, o una clínica geriátrica; para mí es un museo adonde vengo a rescatar lo que nos queda.

El hospital tiene los cristales ahumados. La sal cubre la visión del mar grisáceo. ¡Cuánto avanza! Desde aquí se ve que no perdona; va cobrando los fragmentos que una vez le quitaron.

18 DE ABRIL

Como en los buenos dramas, mi padre esperaba por mí para morirse.

Lloro para que piense que he comprendido. No entiendo; en realidad esto parece una conspiración en contra mía, no puede ser que no me quede nadie lúcido. La enfermera escucha que hablo sobre el tema con un psiquiatra amigo de mi padre, interrumpe la charla mientras le inyecta la morfina.

—Niña —dice—, olvídate de eso. Te van a volver loca.

Como dice la poeta Reina María: «Me van a volver loca, sí, como todos querían.»

¿Cómo quieren que olvide? ¿Será que el país, en pleno, se ha puesto de acuerdo para olvidar? A lo mejor no fui avisada y estoy indefensa. Olvidan a los enfermos un poco antes de enterrarlos. El ejercicio consiste en evadir. Se preparan para esa indiferencia.

Bajo al *lobby* del hospital. Lujo Rojas espera el parte de las siete. (Lujo es la verdadera viuda de mi padre.)

Ahora todo depende de la morfina, de los riñones y del ajedrez que mi padre quiera jugar. Mi padre es bisexual y puede seducir hasta a la muerte. Siempre intentó hechizar a cualquiera, en cualquier momento. Lujo era su amante. Se fue en los años 70; hasta hoy mi padre y yo, vivimos en su casa.

Vino hace dos meses para el show de la muerte de su madre, una famosa presentadora de televisión. Este país es un cementerio. Ahora el ex amante de mi padre hace equilibrios para quedarse en Cuba. Ha vuelto y desea resistir, no tiene otro espacio en el mundo. «El lujo es rojo», ésa es su frase célebre, yo nunca he entendido los entresijos del eslogan.

Lujo heredó de su madre una gran casona junto al mar, frente al muro del malecón, de esas que uno se pregunta: ¿quiénes viven allí resistiendo el salitre? Cuando mi padre muera iré con él a resistir la sal. Lujo viene siendo la parte iluminada de mis padres. La tercera pata de la mesa. Fuera de Cuba no supo organizarse la vejez, pero estando aquí, planificó hasta mi nacimiento. ¡Qué monstruosidad!

Ahora nos pondremos de acuerdo. Se va a encargar de traer a mi madre, al menos por tres meses, luego no sé. La burocracia me desgasta y ya él tiene adelantado ese camino de retorno. Sabemos que mi padre no morirá sin decir lo que desea a cada quien. Hay que esperar una pequeña mejoría, escucharlo y dejarlo partir. ¡Cuánto lo conoce Lujo!

Ésta es La Habana. Éste es Lujo. Por fin ambos hemos regresado. Las cosas pueden empezar a cambiar. Aunque sea para mal, al menos será un cambio.

Mi país: mi museo personal

Mi país ha posado para el mundo desde mucho antes de yo nacer.

Llevo a Lujo a la Sala de Arte Contemporáneo del Museo de Bellas Artes. (Los 80 y los 90.) Lujo es pintor. Inauguró el arte pop en Cuba y ha estado aquí más prohibido que Celia Cruz; sin embargo, en el museo sí que lo han expuesto. Conservados bajo llave, varios pintores: Lujo, Julio —mi primer amor—, mi madre acostada sobre la hierba y... todo lo que fue vivo para los dos ahora es museable.

—¿Qué edad tú tienes, Nadia? Pareces una vieja cuando extrañas, cuando te quejas, cuando hablas... Todo lo que me pasa a mí te está pasando a ti, con esa cara de «niñita querida».

Hacemos el recorrido por el pasado de las cosas, la gente, los lugares. Lujo quiere saber si mis padres me han preparado bien. Me pregunta sobre Martínez Pedro y sus aguas territoriales, sobre «Estadística», de Tania Bruguera, tejido con pelos de esta promiscua intervención que hemos atravesado enarbolando banderas. Las losas del baño que rehízo Alejandro Aguilera mientras tapizaba la palabra «Revolución» con fragmentos de su propia casa y de su cuerpo. El arco del instrumento obrero que saca del óleo René Francisco. Los rusos y emblemáticos planes maestros de Glexis Novoa. La mano sagrada de Elso, los hombres aislados de Bedia, y el vacío en las paredes blancas de los que están por llegar, como un bumerán, en forma de isla.

En medio de esta «fantasía roja», Lujo delira al verse entre los clásicos más jóvenes.

—¿Aún no eres museable? —dice con sorna mi nuevo y viejo amigo.

—No, soy efímera. Ni el MOMA puede conservarme.

—Pronto, pronto. Verás, la vida es un soplo, querida… y todo es atrapable de frente, contra una pared. Ahí empiezan a fusilar tu estilo.

Entre los 80 y los 90 está mi puente. Son esas rampas las que me llevan a patinar de una década a otra. Yo trato de atrapar y conservar las cosas que amé, por eso me gustan los museos y no los cementerios. El arte de detener, conservar, asir. Por eso me gusta también La Habana: ésta es la ciudad, un museo que no se ha desplomado en medio de una extraña batalla por proteger su pátina. Mi tiempo es sepia; mi dolor, salado; mi olor es el aceite esencial de ese viejo perfume de siempre, esos rastros (¿o restos?) de Chanel en frascos remotos, como mis propios recuerdos de esta edad indefinida.

Las telas y los balcones, las esculturas y los edificios. Las ideas y las palabras; los carteles y los vinilos, los ladrillos y los encajes. Palimpsesto. La vida debajo de las capas de pintura, entre letras recónditas que nadie logra acallar.

País, museo personal, rituales, ecos.

Discurso fúnebre.
La Habana con aguaceros

JUEVES 20 DE ABRIL

No estábamos en París con aguaceros, pero aguacero era la mejor palabra para definir lo que me estaba cayendo en la cabeza. Dolía el sonido que me golpeaba la frente, el cuerpo y la estatura. El compañero que tiene a cargo, en mi país, el semáforo del éxito en el Instituto de Cine, ese personaje melancólico y escurridizo, con acento belga y sonrisa dictatorial, dijo varias cosas sobre mi padre.

No entiendo por qué no lo hizo uno de sus fotógrafos, o el propio Lujo. No sé. En fin. Al parecer yo no estoy hecha para entender y sí para sentir rabia, toda la rabia del mundo en este entierro de mal gusto.

Tribuna. Altavoces. El circo de la muerte. Otra vez el circo de la muerte. Odio el sentido colectivo de la muerte. Pero aquí todo es colectivo. No sé si el sexo aquí puede ser, aún, cosa de dos; en realidad muchas veces hice el amor entre literas habitadas, con un combo de personas hablando, cantando, apurándome. Abro el paraguas gris de Lujo Rojas, quien no para de llorar y expresar un dolor que yo desconocía. Otro a quien le gusta repartir

113

y recibir dolor (desde y para) el prójimo. Eso no lo tolero. Veo a personas que quieren o quisieron mucho a mi padre, seres que adoran asomarse a la tragedia ajena. Hasta que no llegue a casa no podré revisar cómo me siento. ¡Qué estupidez escuchar la apología dirigida a mi padre muerto, cuando todos sabemos que, en vida, lo condenaron al mutismo! Yo tampoco tengo el coraje de decirle que se calle.

Lloro porque no lloro. Mi reacción es escapar. Los dejo, me voy. No me importa que deslicen sus miradas sobre mi espalda. Aquí nadie puede consolarme. Me alejo pero me acerco a mi padre, camino sobre el pasto húmedo del blanco cementerio de Colón y pienso en las veces que filmó en este sitio. Me hundo en su tragedia de cristales de Laliques y mármoles de Carrara de la aristocracia cubana.

Con esta muerte termina lo que empezó en el odiado patrimonio de mis abuelos paternos, en este infinito socialismo que los separó de mi padre, y ahí recalamos, en el cristal triste y caro de sus tumbas. Luego de rechazar lo que venía de sus manos, ahora aceptamos este último agasajo y, sobre ellos, vamos de cabeza, nos entierran en sus elegantes panteones.

Aunque la vida fuera humilde y miserable, lo poco que nos queda está aquí, en la opulenta muerte. Al final nos encontraremos en el mismo fastuoso lugar. Entro al promontorio de un panteón usurpado. Huesos, vidrios, caracolillos, romerillo, hierba mala. Veo, veo, ¿qué ves?

A un ángel le falta un brazo.

A un tigre le falta una bola de cobre.

A una muchacha le han roto su tiara, pero sostiene un vaso con flores muertas.

A una extraña flor le han reconstruido el tallo de mármol con yeso. Delante tiene un confuso texto: «Arturo: Te recordamos por eso que te llevaste sin decirnos.» ¡Dios!

Veo, veo, ¿qué ves?

A Saúl que aparece corriendo bajo la lluvia ¿¡Saúl corriendo bajo lluvia!? Me abraza como si le doliera todo esto. Pero, ¿qué hace aquí Saúl, si él vive en Barcelona? Es esto una pesadilla.

—Nadia, me estoy mojando, ¿me dejas un pedazo de paraguas?

—¿Qué haces aquí? —le digo cubriéndolo.

—Era verdad, tu padre estaba vivo, nunca te creí. Tu padre es un gran cineasta. Ya he visto su obra.

—¿Pero desde cuándo estás en Cuba?, ¿qué es esto?

—Vine a fotografiar la Plaza de la Revolución, postdesfiles. Una fundación me ha dado unos dineros para que lleve restos de banderas y de carteles. ¡Ah!, muy bueno el documental de tu padre sobre los símbolos políticos cubanos. ¡Qué visión tenía ese señor del circo de los setenta!

—Me cago en ti, Saúl. Hazme el favor de salir del paraguas, que el oportunismo es contagioso. Sal del paraguas o te voy a enterrar vivo en la tumba de los condes de Pozos Dulces. Vete, vete y respeta, que es un circo, sí, pero es mi circo… Ahora vienes a beber del agua que te parecía turbia. Mójate, coño. Mójate porque esto es Cuba y aquí llueve de verdad, no es el chinchín ese que te tiene enfermo. Aquí te va a matar un rayo por mediocre. Mójate con lo que yo crecí, báñate en el aguacero a ver si te haces hombre. Ojalá que te ahogues tirando fotos a las banderitas. ¡Tan cobarde! Sal de mi vista, Saúl, tú no me conoces…

Le doy la espalda y me pierdo entre otras tumbas. Esto es patético. Mi padre no lo merece pero ya lo permití, no puedo contra las instituciones, los cínicos y la locura. Uno no es dueño aquí ni del dolor. ¿Qué espero? Me voy a casa.

Como la lluvia arrecia y casi ahoga, muchos de los actores de esta obra que le montaron a mi padre se dispersan. El viento revuelve las voces que escucho a lo lejos: «Perdón. Prohibido. Valor. Arrojo. Padecimiento. Revolución. Rehabilitación. Regreso. Volver. Parametración. Entender. Recapacitar.» Cada cinco minutos la palabra «perdón». Esas palabras me golpean la cara.

Me alejo del espíritu farsante del duelo; corriendo hasta la puerta del cementerio, el señor del Instituto pasa y casi se cae ante mí. Corre como si temiera quedar atrapado junto a los otros. Todos se han muerto menos él.

Este final no soluciona lo que le han hecho a mis padres. Nadia, Nadia, piensa un poco, ¿no será que tus padres se dejaron hacer todo esto? La paliza no puede ser casual.

Saúl se monta en un taxi mientras toma dos o tres fotos ¿movidas? de este cementerio con rejas. Primero nos rechazaba por el mal uso de nuestra condición política, ahora se aprovecha. Ni un muerto más. No aguanto este velorio que se extiende hasta mi cuerpo.

23 DE ABRIL

Lujo y yo nos estamos mudando. Como dos viejas, moqueamos por la antigua casa, recogiendo fotos, cintas olvidadas, libros forrados y desnudos. Al fin podemos llorar sin testigos.

—Nadia. Tu padre no dijo lo que quería. No le dio tiempo.

—Si mi padre se fue así, era todo. Lo conozco muy bien.

—No seas cruel.

—Yo sí que lo conozco.

—Yo también.

—¿De dónde lo conoces tanto, chico?

Nos echamos a reír, lloramos juntos, y abrimos un vino. Me contó cómo enamoraba a mi padre y a mi madre, porque si no, mi madre no hubiese estado de acuerdo en esa unión. ¡Dios, qué parejita más rara! ¡Qué trío más raro! En realidad el matrimonio de mis padres fue un convenio para que alguno de los dos terminara la Escuela de Arte, un pacto que terminó en amor. A ella la habían expulsado, pero alguien tenía que graduarse. Estoy rendida. Hemos trabajado demasiado.

Me gusta haberme quedado con Lujo. La casa nueva es maravillosa. Encendemos velas para el *glamour* porque los apagones ya han pasado de moda.

«Menos mal que no estoy sola, tengo el té y la simpatía.»

Gracias, papá, Lujo es un verdadero lujo. Descansa en paz. Te libero de mí, te lo mereces, digo al atardecer, instalados ya frente al malecón.

Palabras contra el olvido

(Lujo y yo reconstruimos el programa de mami con sus dos «célebres» locutores. Cada cual intenta llevar el rol del otro. El tema es: el recuerdo de mi madre.)

LUJO: ¿Qué recuerdas de tu madre?

NADIA: ¿Qué recuerdas tú?

LUJO: Uno tú y uno yo, vamos...

NADIA: Recuerdo su mano en mi cabeza, rastreando los piojos antes de salir a la escuela. Nunca llegué temprano a los matutinos porque mi madre dormía la mañana. Me aparecía en los recreos. ¡Qué vergüenza!

Un primero de septiembre nos castigaron (a seis compañeros) y, como era la cabecilla, me exigieron que al otro día apareciera con ella. Y ella no quería. Odiaba escuchar quejas. Mucho menos sobre su hija. Entonces me dijo:

«Dile a la maestra que dice tu mamá que tú eres huérfana.» No se me olvida nunca la cara de la directora, porque aquello no había quién lo entendiera.

LUJO: Yo lo que recuerdo es el día que su locutora no fue y tu madre se quedó a hacer el turno conmigo en Radio Reloj. Ella y yo serios, diciendo aquellas noticias disparatadas, una detrás de la otra. Entonces ella, medio adormilada, dijo: «Hoy es miércoles 20 de marzo de 1978, son las 6 y 30 de la madrugada. ¡Coño, hoy es mi cumpleaños!» Ahí mismo despertó muerta de la risa. Nos mandaron al diablo a los dos.

NADIA: Lujo, pero mi madre es mi madre, ¿verdad? —dije con ironía—. No me dirán que fui recogida en un latón de basura o en la beneficencia.

LUJO: ¡Qué mala eres! Claro que es tu madre.

NADIA: Recuerdo el día que su loquísima locutora, Alina, dijo en el programa: «María *la Negra* ataca costas de Angola», en lugar de «Marea negra ataca costas de Angola».

LUJO: Su mejor cuento fue cuando llegó al estudio diciendo: «Oigan, señores, tengo el disco del *Concierto de Aranjuez* tocado por el propio Aranjuez.» Tu madre no sabía si reírse o sacarla del programa, y le preguntó muy seria: «¿Y qué toca él?» Alina, como fuera de sí, le contestó: «¿Qué va a tocar, mi vida?, el piano.» *(Ríen.)*

NADIA: Alina era bruta pero mami muy despistada, leía y se le olvidaban las comas. Se le saltaban las letras. Una vez estábamos las dos animando el programa infantil y le tocaba a ella contar la vieja historia de Blanca Nieves. Mami trataba de leer pero no tenía los espejuelos y dijo: «Había una vez un matrimonio sin ojos.» Tenía que decir sin hijos. *(Ríen.)*

LUJO: ¿Te acuerdas de «Las muchachas de La Habana tienen más de quinientos años», en vez de «Las murallas de La Habana»? ¡Qué loca era!

Nadia, la última vez que te vi fue en un bar-cafetería que se llamaba La Cibeles, ibas vestida de pionera. Tú eras muy chiquita. Había amanecido y ni nosotros ni tú habíamos dormido, pasamos la noche de velorio, con unos repentistas; de ahí nos fuimos a beber al bar. Tu madre, que coleccionaba su música, no podía abandonarlos. Se había muerto uno de los grandes improvisadores cubanos.

NADIA: ¿Del Buena Vista Social Club?

LUJO: Entonces era Mala Vista... Los viejitos sin comer y orinados, llegaban borrachos al estudio, pidiendo dinero para un poco de ron barato o coronilla. Tu madre, desesperada, les colaba café en el pantry de la emisora para que aguantaran y poder hacerlos cantar uno a uno. Ella, siempre tan nerviosa, con su pelo a lo *Qui Êtes-Vous, Polly Mago?* Era la época en que empezaba «Palabras contra el olvido». La gente le decía «Palabras contra el oído» porque en la emisora nadie soportaba esas canciones demodés. Ahora no, el mundo entero ha descubierto a esos «mártires del son». Fue ella quien los dejó registrados. Una joya para la fonoteca cubana. ¿Cobraste algún derecho cuando vinieron a consultarte?

NADIA: Imagínate, mi madre dejó eso en manos de la emisora. Tú sabes que vivía obsesionada con «la posteridad». Olvídate de la vulgaridad del día a día, si llego a cobrar eso la estaría contradiciendo y el cargo de conciencia no me dejaría dormir. Además mi padre y ella fueron un par de bobos. Trabajaron para los otros. Lo hizo porque creía en esa música, no para lucrarse. Ninguno de los dos deseaba dinero.

Lujo: ¿Te acuerdas del día que te salvé en el hotel Pasacaballos?

Nadia: No, pero recuerdo verte en las competencias de gimnasia, aplaudiéndome. ¿Qué ocurrió en Pasacaballos?

Lujo: Aprovechando un rato el sol, ella venía de entrevistar al presidente Erick Honecker y, de momento, fue al hotel a recoger a Ernesto Cardenal. Todo el mismo día y con dos horas de diferencia. En este país nunca pasa nada, pero cuando pasa, aguántate, ocurre al mismo tiempo. Aprovechando un rato el sol, tu madre te dejó en la piscina. Cuando llegó a la emisora de Cienfuegos me dijo: aprovechando un rato el sol —«Ay Lujo, por Marx, por tu madre, se me quedó la niña en Pasacaballos»—. Imagínate tú, Pasacaballos, queda un poquito retirado. Allá fue el tío Lujo a rescatar a la niña. Tú estabas en paz, nadando sola en medio de la noche, como navegando sobre aguas negras, parecías un jazmín que se llevaba la corriente, de un lado para otro, a salvo y a flote como el remolcador del puerto, esperando a quien nunca llegaría. ¿No te acuerdas de mí discutiendo con ella, por esas cosas?

Nadia: No, lo que recuerdo es que a ella se le olvidaba irme a buscar a la escuela, y yo me pasaba horas con los profesores en sus casas, esperándola para que me llevara a bañar, hacer las tareas y dormir. Eso de comer… olvídate. Café con leche y pan con mantequilla. No sabía cocinar.

Lujo: Su cabeza estuvo atribulada desde que se dio aquel golpe en los cafetales, y luego la obsesión por el trabajo que para ella estaba primero.

NADIA: Sí, nosotros fuimos personajes secundarios para nuestros padres. Era el tiempo en que una consigna podía más que un sentimiento.

LUJO: No digas eso, Nadia, ni jugando.

NADIA: Mira quién habla, el que ni intentó tener hijos.

LUJO: Pero yo soy gay, niña.

NADIA: ¿Quién diría que hoy eso lo arreglaría todo? ¡Cómo cambian los tiempos, Lujo Rojas!

LUJO: ¡Cómo se ve que estos programas no se van a trasmitir nunca, Nadia Guerra!

NADIA: Antes mi padre y tú escondían que eran pareja, y hoy, mira cómo todo lo justificas con tu sexualidad. Y… ya, no me repliques. Vamos a escuchar a Rubén González en estos danzones que mami le grabó para el programa. Dime, dime si no es una joya esto que se llama: «El Cadete constitucional», en las manos fabulosas de Rubén González. Silencio, escuchemos un rato este danzón.

LUJO: Si algún día caminando por ésta u otra ciudad del mundo regresan hasta ti estos sonidos y estas palabras, recuerda que todo lo escuchaste un día como hoy, en esta misma emisora. Recuerda que son palabras pronunciadas expresamente «Contra el olvido».

La caja negra

Llevábamos dos horas de pie ante la puerta de salida. Air France, donde dejaron volar a mami, llegó con retardo. Venía muy delicada de salud, frágil, quejumbrosa. Así mismo la despachó el ruso en Moscú. Con ayuda de la aerolínea hizo el cambio en París. Ha estado mucho tiempo dando tumbos. Es curioso, entró como turista a su país y no la detuvieron en inmigración, pero es la aduana quien la detiene. El problema no se resuelve. Nos hacen pasar, veo a mi madre en silla de ruedas, pequeñita, nerviosa, llorando. No es posible que ya esté en Cuba con nosotros. El aduanero me explica, pero no lo escucho. Beso a mi madre, huele fuerte. Tiene comida pegada en la cara. Se ha orinado. La mano izquierda le tiembla por el párkinson. Dios, qué manera de volver. Es tarde para regresar. ¿Qué siento? Más bien rabia por este tiempo de ausencias que enferman. Conmigo, con el sol de aquí afuera, con la playa, con mi padre, tal vez, todo hubiese sido distinto. Hay personas que viven escapando, deben irse de donde nacen; pero hay seres tan frágiles, que cuando escapan, son tragados por el mundo. Se los come el abstracto de semáforos y cuentas por pagar. ¿Es éste el caso? No lo sé, no la conozco.

El aduanero explica a Lujo que ella se resiste a abrir una caja de cartón que trae como único equipaje. Tampoco permite que se le revise la cartera. Yo intento levantarla de la silla de ruedas.

LUJO: Por favor, dame la cartera.

MAMI: ¿La cartera para qué?, si no hay dinero.

LUJO: Empecemos por la cartera.

MAMI: Toma la cartera, pero la caja nunca. En Cuba me quitaron lo que falta en esa caja. Nunca la abro, nunca.

Lujo se puso pálido. Con la aduana no se juega, puedes pasarte muchas horas esperando a que ellos decidan tu vida hasta salir afuera. Los aduaneros sospechan de una mujer en silla de ruedas, sucia, con cara atolondrada. Sospechan de una caja con documentos. Ellos sospechan porque su trabajo es sospechar, pero en la cartera sólo hay unos libros forrados que no miraron, unas medicinas y algunos documentos. Ni dinero, ni joyas, ni veneno, ni bombas. Nada.

Les pido que pasen la caja por rayos X. Acceden. La caja tiene documentos y ellos los quieren leer.

Mi madre está muy mal, tiembla. Preguntan por qué tiembla.

—Es el párkinson —les digo.

Al aduanero no le importa el tembleque de la loca que está en la silla, tiene que cumplir con su deber. Pide con buenas maneras que abramos la caja. Abro la caja. Aparece una foto de mi madre joven. Luego un fragmento de una revista *Bohemia,* de inicios de la Revolución. El aduanero mete la mano. Ve unos documentos mecanografiados. Mi madre, más perdida que nunca, grita, chilla.

—¡Mi caja negra, mis cosas! ¡Déjala ahí, carajo! ¡Suéltala!

El aduanero le explicó que a Cuba no se pueden entrar ciertos documentos o libros. En su caso, como es una persona enferma, pensó que no tenía ningún problema. De todas formas, para estar seguros, viene el especialista a revisar los libros. Él le contaba despacio que en las regulaciones este caso se comprende como… Mi madre comenzó a cantar, con una voz potente: «Palabras», de Marta Valdés:

aléjate de mí con tus palabras,
aléjate bien pronto de mi vida
y busca un corazón que las reciba.

Los turistas aplaudieron, era un show difícil de olvidar. «Esto es Cuba, Chaguito.» No paraban los aplausos. Vino el jefe y nos rogó que desapareciéramos del lugar. Mi madre salió a la calle en la silla de ruedas. Me dio un beso sin reconocerme. Le entregó a Lujo la caja negra y le preguntó:

—Y el marido de nosotros, ¿no vino a recibirme? ¡Qué lindo está Miami!, el sol por fin.

Mi madre no sabía dónde estaba, pero cantaba a Marta Valdés imitando a Elena Burke. Ya estaba aquí, ahora no sé por dónde empezar.

La casa, la madre, la memoria y el cuerpo

Mi madre, nada más llegar, comenzó a preguntarnos por la madre de Lujo, es increíble pero reconoció el espacio frente al malecón. Recordó y construyó ciertas frases de corrido, cosas de la época en que venían a bailar y a dejar pasar las horas.

1. Ya estaban prohibidos los Beatles y lo otro.
2. Nos habíamos casado con nuestro marido.
3. La niña estaba en la barriga.
4. Tu madre en el sillón.
5. Yo no pintaba más.
6. Habían matado a Waldo.
7. Ya no éramos hippies.
8. No visitábamos el Parque de la Funeraria.
9. Nicolasito Guillén venía solo o con Dara, la búlgara.
10. La vieja controlaba quién entraba y quién salía.

Lujo se sentó a leer la historia clínica que mami trajo en la cartera junto con sus libros. Los papeles hablan de una enfermedad degenerativa del sistema nervioso central. Puede que alzheimer. ¡Qué enfermedad esta que se lleva y trae recuerdos!

El día en que perdemos la memoria no es el día en que se borran los recuerdos, sino cuando no logramos ordenarlos o situarlos junto a los afectos. Tus seres queridos comienzan a ser extraños para ti. Lo entrañable se vuelve ajeno. El día en que perdemos la memoria viajamos a la deriva.

Cualquiera nos salva o nos empuja al desastre. El enemigo se muda a tu cabeza.

El baño

En efecto, no sabía por dónde empezar. Comencé a desnudarla mientras ella canturreaba a coro con Lujo. No lograba completar una canción, no podía sostener la letra hasta el final, se le escapaba y caía como un papalote desde el aire hasta el suelo.

Desenredé unas gasas de sus muslos. Intentaba meterla en la bañera cuando me di cuenta de que tenía escaras y unos morados espantosos en las piernas.

—Debió pasar acostada o sentada mucho tiempo —dijo Lujo, espantado.

Mami hacía resistencia y casi tuve que obligarla a hundirse en el agua enjabonada; nos mareaba el olor agrio de su cuerpo. Estaba raquítica, desnutrida. Lujo salió del baño, no lo soportó. Mi madre, en cambio, no tenía pudor, seguiría cantando desnuda frente a él.

Todo se va tras la memoria: la vergüenza, el recato, el miedo. A cambio, se recupera el candor.

Froté con la esponja su piel de cebolla. No pasa de los cincuenta y cinco años y es tan frágil... Se me deshace entre el agua y la espuma. Tuvo un cuerpo hermoso.

En la bañera jugaba con pomos y jabones, parecía una niña. No puedo evitar dos lágrimas, no sé por qué desobedezco al rigor en este primer minuto a solas con ella. «Control, Nadia», me digo aterrada. Le pregunto qué son esos golpes.

—La que me cuida en Rusia es una burra. Me pega.

Quise salir corriendo, respiré, mantuve la calma.

—Pero, ¿por qué, mami? ¿Te han dejado sola con ella? ¿Qué hacías?

—No sé, no me he portado mal. Juro que he sido buena.

No volví a llorar. No sé qué siento por mi madre, ¿será que no he tenido tiempo de razonarlo a solas? El caso es que no volví a llorar. No supe si mentía o si, en realidad, recordaba alguna de las cosas que dijo.

Lujo me enseña a curar las escaras. Primero hay que ponerse los guantes, pero no tengo guantes. Desinfecto mis manos con alcohol, limpio con agua oxigenada la herida, pongo el alcohol y enseguida se intranquiliza la carne, mi madre da un brinco, pega un manotazo. Luego la beso, la calmo; después le unto crema antibiótica, hundo mis dedos en sus llagas, hago que llegue el medicamento, que penetre hasta el hueso, al final un poco de secante; soplo la herida para que no arda, y ya, hemos terminado. Fue un poquito de tiempo en cada una y... pasó lo peor.

Lujo me enseña a colocarle los pañales desechables que había traído para su madre, la mía nos mira desde la cama. Le pongo talco Brisa, olvidado en la cómoda desde los años ochenta; un poco de mi perfume y desodorante; la visto con mis pijamas. La peino y queda lista para cenar, dormir, estar tranquila en casa. ¿En la casa de quién?

—En su casa —dice Lujo estallando.

Lujo llora a mares mientras busca el vinilo de Bola de Nieve. «Adiós felicidad» se escucha desde el tocadiscos húngaro que aún resiste en una esquina de la habitación. Aquí es el lugar que compartiré con mi mamá hasta que sepamos qué habremos de hacer en el futuro. ¿Existe futuro sin memoria?

Lujo conoce y quiere más a mami que yo. Los sollozos la despiertan sobresaltada. Siento mucha culpa, pero ya no es hora de culpas. No puedo llorar por ella, no es eso lo que espera de mí. Mi madre se ha dormido y Lujo ha ido a preparar un batido para los tres. Quiero bañarme, estoy agotada. Me miro en el espejo desnuda. Tengo el mismo cuerpo de mi madre.

Mientras me baño, dejo ir unas cuantas lágrimas histéricas. Cierro la ducha, cierro los ojos. Fin de la histeria. Basta, basta, basta ya. Fin del día.

Me acerco a mi madre, es una muchacha perdida entre las sábanas, respira tranquila. Todo está en paz menos yo: «Una extraña que anda mal de la cabeza / ha venido a compartir mi cuarto en esta casa, / una muchacha loca como los pájaros», decía Dylan Thomas.

Cinta Orwo

En la caja de mi madre encontré esta cinta Orwo (Grabada en La Habana, 1980). La escucho en la grabadora Nagra. Esto es un museo, hay de todo un poco. Intento escuchar.

Flaquita:

SON: TOC, TOC, TOC... SOBRE EL MICRÓFONO ABIERTO. UNA MANO INTERRUMPE CON TRES GOLPES VACÍOS.

¿Me escuchas, flaquita?

Son las cuatro de la mañana. Estoy en la emisora, delante del RCA Victor en la cabina verde. Sabes que no me gusta escuchar mi voz grabada, la siento como pasada por agua, pero ésta es la única oportunidad que tengo de hablarte. Aquí no hay nadie y el micrófono es visible, tangible, no es algo oculto. Me grabo yo misma, así estoy segura. No puedo dejarte una carta, y en un dibujo no cabe todo lo que pienso. No soy un genio, simple y sencillamente soy tu mami.

Espero que tu padre te entregue esta cinta alguna vez. No es cosa que apure, preferiría que lo dejara para cuando seas mayor de edad. Yo no regreso, no creo que me dejen ellos o me deje yo misma.

Hoy por hoy, si me sorprenden grabando esta cinta en la emisora me pueden sancionar, separar del cargo, interrogar, enviarme a un sitio apartado hasta que se les olviden mis errores. Tope de Collantes podría ser ideal para ese asunto. Pero ahora ya es lo de menos. Mi cabeza no está aquí. Intento despedirme de ti.

Cuando seas mayor y escuches esto quizá por allá *(tose)*... en el año 2000, será otra vida, y espero que los adelantos científicos y la condición humana superen todas estas bajezas del hombre. Entonces escucharás esto como algo del pasado, y no entenderás nada, vas a oírme con distancia, del mismo modo en que hoy escuchamos la radionovela *El derecho de nacer*. Yo seré historia o peor, no seré nada de nada, y nadie me va a perdonar que te dejara atrás, que me fuera sin ti; es la pura y viva realidad, no creas que la ignoro. Soy consciente de ello.

Estoy en la cabina donde pasamos tantas horas juntas, con mi vaso blanco y tu cucharita de plata labrada. Aquí tomamos el té con hormigas. Aquí comimos lo que se pudo. Aquí hablamos mal de los hombres, de las amigas. Leímos los poemas que nos gustaron y también de los que nos reímos con Aleida y Maricela. Aquí te respondí lo que podía. Aquí dormiste en el sofá, rendida con el uniforme puesto, de madrugada, esperando que terminaran mis guardias, durante los ciclones o las contingencias políticas. Pero aquí no quiero empezarte a mentir. Es hora de que sepas que no estoy de acuerdo con todo lo que nos está pasando. Es hora de que sepas que me voy.

*(Se escucha sonido de vaso y cuchara revolviendo
azúcar en el líquido.)*

Hace varios meses tu padre encontró una nueva mujer. Una chica de veinticuatro años que es reportera del periódico oficial. Está recién graduada y redacta noticias y notas de opinión. A veces cree tener a nuestro país en sus manos. Un día ella sabrá quién opina y tiene la última palabra en esta isla.

Bueno, mi amor, a lo que iba… ella ha entrado a nuestra casa y ha saqueado nuestras cosas, se robó mis diarios, una novela sobre aquella amiga de la que siempre te he hablado. La que acaba de morir. Ese secreto que tenemos tú y yo lo ha roto ella.

La novela no aparece y las preguntas se hacen más y más frecuentes en el trabajo. Me llaman, me piden informes, me hacen preguntas que no entiendo y van a enloquecerme, Nadia.

Quedarme sería perjudicial para tu padre y para ti. La oveja negra, la loca, la desquiciada siempre seré y he sido yo. A tu padre lo censuran pero lo regresan al cine, a mí sí no me toleran. No me perdonan que sea como soy. Hay personas vigilándome en todas las esquinas.

Aunque no sea algo visible, me persiguen, yo los siento, están aquí. Tengo ojos por todas partes. En la casa han pasado muchas cosas durante las últimas semanas. Aparecieron carteles con nuestros nombres, malas palabras. El cuaderno naranja que nos encantaba ardió delante de la puerta. Tiraron la mesa antigua de tu abuelo por la escalera, la rompieron. Por eso te mandé con Aleida, para que no te sintieras mal.

La examante de tu papá es la punta de lanza del misterio, ha escalado muy rápidamente en ese periódico oficial. Amante de políticos y de dirigentes. Una pieza única, difícil de superar. Hija o nieta de un ministro, no estoy al tanto, tiene patente para lo que sea, sin escrúpulos, sin discernir en tu edad o en nuestros proyectos de vida… Me he quejado, pero nadie me escucha.

He pensado protestar públicamente, decirlo en grande… pero ¿para qué? En realidad, hoy, contra eso no podemos luchar, es como intentar tumbar el Muro de Berlín. Son mezquindades que ustedes tienen que eliminar algún día. Con más fuerza. Desde «un mundo más justo que el mundo de ayer» como dice tu canción del colegio.

Ya no hago nada aquí. Me están echando y ganaron… me voy.

Llueven los anónimos y las cartas que tu padre y ella se intercambiaban. Ahora la vulgaridad cubre nuestras vidas. Lo que era un secreto, está expuesto. Me he enfermado. La vida de nosotros es la vida de todos, eso es irresistible para una mujer como yo.

Todo eso me espanta, mi niña, me espanta *(respiración acelerada)*. Las fotos de tu padre y mías rotas en la puerta con puñados de sal, con lazos rojos, no entiendo nada. Mierda en las paredes de la entrada. Brujerías, huevos, objetos que no puedo reconocer. Conversaciones privadas con tu padre, reproducidas luego en asambleas públicas, en esta emisora, en fin, la pesadilla, una trama perfecta, como salida de la película *El bebé de Rosemary* o *La semilla del diablo*, como quieras llamarla; esto parece un filme de Polanski.

Nadia, si alguna vez quieres venir conmigo, serás bienvenida. Nunca he podido ser buena madre. Yo soy una gran amiga que te dio la oportunidad de llegar a este mundo y de saber que existe otro. A eso voy. Si no me vence aquello te reclamo, y si me vence, quiero que sepas que todo esto lo hago por ti. No quiero marcarte, no quiero que te estigmaticen por mi culpa.

Te amo, mi flaca, siempre en esta emisora estaré para ti.

Escucha a los soneros, a los boleristas, ve con tu padre a ver los trovadores, ellos viven y cantan, atiende lo que dicen. Eso es lo más grande de esta isla, mi amor. Y quiero que sepas algo, ésta no es la revolución de tu papá y de tu mamá. Esto es sólo un GRAN MAL ENTENDIDO.

(Llorosa.) Flaca, quiero que seas mejor que nosotros, lo que no puedo es ayudarte en eso. Tu padre es un hombre débil, no sabe defender ni su talento. Yo escapo porque me han hecho pedazos, y, como estoy, no te sirvo para seguir adelante.

Un beso enorme.

Ojalá pueda reescribir la novela sobre nuestra amiga. ¿Por qué le temen al tributo de alguien tan limpio y admirable?

Alguna vez la verás publicada y entonces sabrás que tu madre no hizo nada malo. Nada peor que abandonarte... *(silencio),* dejarte por todo este miedo que siento.

Ya vi arder los muñecos de los Camejo en el Guiñol; ya me expulsaron por homosexual (sin serlo) de la Escuela de Arte, ya me acusaron de extranjerizante, me separaron de quienes más he amado. ¡Basta, basta, mi flaca! No quiero eso ni para mí ni para ti. Voy a poner mi frente en alto en el mundo real, en la jungla.

¿Cómo estará todo allá, en el 2000? Espero seamos mejores que hoy. Para eso ha sido todo este sacrificio... Encárgate de que no sea en vano. Nadia, yo renuncio, no puedo más, mi hijita. Sigue tú.

Recuerda estas cosas:

Si te sangra la nariz tira la cabeza para atrás y quédate tranquila.

Si te pierdes, llama a la emisora, allí todos te conocen y te van a llevar de vuelta a casa.

Nunca delates a nadie, pase lo que pase. No llores por gusto, siempre hay oportunidad.

No te enamores de quien no te merezca. Te lo digo por experiencia.

No me extrañes. No hace falta, estoy contigo.

Ya guardo el saco de consejos y me voy. Somos un par de desastres tus padres, mi niña. Espero que tu padre siga contigo hasta el final. En el peor de los casos, hay una lista de amigos avisados. A ti no va a pasarte nada, yo lo sé.

No dejes de buscarme cuando seas una señorita, yo haré lo mismo contigo, pase lo que pase.

Te quiero mucho chinita de pelo largo. Eres un pedazo de mí, de Cuba… te llevo conmigo. Tu mami que te extraña desde ahora mismo. Aquí te grabo esta canción. No la olvides, apréndetela de memoria. Somos las dos metidas en esa música.

SON: PASOS QUE SE ALEJAN Y UN RUIDO DE PUERTA QUE SE ABRE, LUEGO UNA RESONANCIA QUE DESCONECTA LA CINTA:

SON: ENTRA DE GOLPE LA CANCIÓN «SI NO FUE-RA POR TI», DE PEDRO LUIS FERRER.

Si no fuera por ti
con esa fe en las cosas
que parecen haberse malogrado
y que luego resultan cosas hechas;
si no fuera por ti
que me has amado.

Diario rojo:

Ahora entiendo los poemas de mi madre. Cada vez comprendo más mi obsesión por la radio. Yo quedé en manos de la radio. ¡Qué locura!, ahora la radio está en mí. Ando sola, trato de armar, de la nada, este rompecabezas sonoro.

Estoy, ante esta caja negra de cartón, rendida ante la penitencia del pasado. Lo peor es comprobar que, aún en el 2006, las cosas no se saben, no se han solucionado, se escapan como arena entre las manos. Comprendo los motivos de mi madre, y las respuestas inexactas de sus testigos. Copio los poemas que escribió en la emisora, busco indicios. Soy su memoria de repuesto.

ACOTACIONES AL MARGEN DE UNA FOTOGRAFÍA

¿Recuerdas, Aleida, el cuento de la foto de la rana? No sabíamos entonces que éramos felices, cuando en la foto verdadera tú, mi hija y Maricela exponían sus rostros más amables. El tiempo dora y hermosea las imágenes, pero sé, estoy segura, que formábamos un buen piquete en las asambleas. No

*éramos agradables con nuestros detractores, no tuvi-
mos clemencia.*

*Será por ello que jamás podrán olvidarnos, aun-
que junto al recuerdo depositen un poquito de hiel.*

*Pero ahí está la foto: Maricela, mi hija y tú ven-
cedoras de la hojarasca que ahora nos hace danzar
tan distantes una de otra.*

*El sol les da en la cara y mi hija engurruña la
nariz hasta perder los ojos. Maricela toma prestado el
rostro de su madre, perdida en la visión de los gitanos
que en caravana cruzan por su niñez, y tú, como en
el cuento atorrante de la rana, no sabes de qué modo
esconder la alegría kilométrica, para la cual un solo
rostro no es suficiente. Cuida más bien, Aleida, de
que no encuentre riendas esa risa, amiga inseparable
de tus orejas.*

Fondos raros y valiosos

Escuché la cinta Orwo sin chistar. No podía llorar. Lo único que hice fue acostarme al lado de mi madre, acurrucarme con ella, pedirle perdón por no haberla entendido.

Sigo buscando en la caja con curiosidad, voy leyendo documentos, en este desordenado intento de investigación para una novela y una vida perdida. Mi madre hilvanaba sus ideas fragmentadas por el azar. Recuerdo las tardes con ella en la biblioteca, yo recién aprendía a leer el gran cartel: Departamento «Fondos Raros y Valiosos». Ella pescaba en los papeles ideas sueltas, indicios, asuntos para su novela extraviada.

Escucho varias veces la cinta, que sigue dando vueltas en la grabadora de Lujo, hasta enredarse y parar de golpe. Mi madre despierta, me mira con cara de susto y cierra los ojos de nuevo. La beso.

—¿Quién eres? —me dice rendida.

—Soy yo, mami. Tu hija.

—No quiero conocer a nadie nuevo, ya tengo bastante con los que conozco.

Ahora sí lloro, quiero cerrar los ojos, tomar diez de sus pastillas, y no despertar hasta olvidarlo todo. Quiero estar en blanco y no pensar en lo que nos ha pasado.

Querido Diego:

Te necesito.

Por fin ha llegado mi madre, Lujo y yo la esperamos en el aeropuerto. El viaje la ha trastornado. La veo peor que durante mi visita a Rusia. Desde que llegó a tierra la sentaron en una silla de ruedas. No traía equipaje, ahora usa mi ropa. Vino completamente loca, abrazada a una caja de cartón y a una cartera Chanel con siete libros forrados, muy poco dinero y todos sus documentos (rusos, cubanos y franceses).

Su cabeza ha dejado de funcionar. Lujo y yo la estamos acunando como a una niña. No sé si andas fuera de México. Necesito conversar. Dime cuándo será. Me estoy muriendo de verla así. Olvidó a Lujo, y a mí me habla como si no me hubiera visto nunca.

Las pocas horas que logra dormir, se encoge asustada en la cama. No puedo creer que esté aquí. No sé qué ha hecho Lujo para traerla, pero estamos con ella.

Te adoro. Auxilio, me ahogo.

NADIA

¿Quién soy?

Alguien tiene planes para mí, y lo peor es que lo ignoro. Tres hombres con sus camisas blancas remangadas abren y cierran las manos al mismo tiempo. Metidos en unas cabinas para donar sangre veo cómo les colocan una liga muy apretada, color café con leche, estrangulándoles el brazo hasta cortar el paso de la sangre, algodones estériles acarician la piel, dos golpes secos con los dedos anuncian que viene el pinchazo; la aguja entra con rigor hasta tantear la punta azul de mi origen. Salta la sangre a la jeringa, y luego todo está rojo y espeso.

Estamos ante el estéril acto de la averiguación. ¿Quién soy y para qué preparan este exhaustivo examen? Hincan mi piel: arde, duele, siento el vacío y me devuelven el brazo llevándose mi información genética. Conducen «mi yo» a un artefacto coagulante. El enfermero pregunta por qué no me he quejado.

—Ya no siento nada —dije bajando las mangas y saliendo a la calle sin ninguna dirección.

Todos los sospechosos se han dejado pinchar. Cada cual en un punto distinto del planeta. Lujo es un escritor de telenovelas frustrado y se obstina en averiguar quién es mi padre. A mí me da lo mismo, mi padre es y será el de siempre, no deseo tener otro. Él fue quien hizo de mí lo que soy, él bajó mis fiebres, me vio llorar, menstruar, amar, dejar, partir. No creo en nadie más. Lo impreciso es que tampoco pueda decir con todas las letras: «Éste es mi padre; éste es mi país; ésta es mi madre; ésta es mi casa.»

28 de mayo

Adoradísima Nadia:

Ayer volví de Zúrich a Milán y conversé con Paolo B. Le llevaba el testamento de mi padre, es el único abogado en quien él confía desde que salió de Cuba. Una vez terminado el encargo de papá, hablamos de ti.

Paolo me comentó algo relacionado con ustedes que adivino te va a tocar muy hondo, sobre todo por el momento en que te encuentras. Debes prepararte bien para esa charla. Viajará a Cuba con el único propósito de hablarte.

La depauperación de tu madre se veía venir y, aunque es cruel, debes asimilarla. La noticia de Paolo B. no puede derrumbarte. En cuanto me necesites, llámame.

Después de esta charla, al atardecer, mientras regresaba por la carretera de los seminevados Alpes, me preguntaba si cuando fui reportero en esta parte del mundo era feliz, si disfruté en realidad esa etapa, viendo desde mi ventana los maravillosos Alpes; viajando por toda Europa mientras me pagaban por hacer lo que siempre soñé. ¿Por qué nos ganan la vanidad y el ansia de notoriedad y pseudotrascendencia? No puedo estar más consciente de lo privilegiado que he sido, el destino me ha regalado condiciones atípicas de vida, pero me empecino en seguir preocupándome por banalidades laborales. Últimamente he suplido el insomnio por horas de trabajo sin descanso.

No importa cuánto consiga. Soy tan mal ganador como nefasto perdedor; si algo no marcha bien, me cuesta digerir la derrota; si algo marcha bien, soy aún peor ganador, pues pronto pasa la euforia y ya estoy pensando en la siguiente meta. He aquí una especie de predador insaciable, aunque, evidentemente, las presas a ser comidas o son insuficientes o se esconden y no siempre salen a mi paso: el resultado, permanente frustración.

No es justo, Nadia. Hay tanto por qué agobiarse en el mundo, y tanta gente que posee terribles argumentos para el agobio, pero ahí vamos los afortunados cual legión segura de que nuestras penas y ansiedades sí son pesadas. Sabemos poco y entendemos aún menos. Te mando muchos besos, sé que no merezco esta belleza. Quiero compartirla contigo, pero no es el minuto para ti.

Estoy en tu dolor y cada día duermo y amanezco contigo.

Tu DIEGO

Tercera parte

EL LIBRO DE MI MADRE
(fragmentos encontrados en la caja negra)

En la medida en que realmente pueda llegarse a «superar» el pasado, esa superación consistiría en narrar lo que sucedió.

HANNAH ARENDT

El encuentro con Celia

Me quedé mirando la casa de madera levantada en pilotes; los pinos, las malangas, los bichitos... En la casa no quedaba nadie, se habían ido a Miami porque no aprobaban lo que estaba pasando en el país. Dejarnos era sólo un acuerdo provisorio. Hemos vivido siempre en esa rara condición que, sin darnos cuenta, ha pasado a ser la eternidad.

Estaba sola, y decidí usar mi tiempo pintándolo todo; con la ausencia de ellos la casa estaría perdida. Sentí deseos de dejar allí mis huellas. Lo hice de modo espontáneo, sin el menor cálculo. Empecé por el linóleo blanco del suelo. Manchando con una pluma de tinta china pinté suaves hojas de otoño, campanas, guindas negras, paraguas, tacones, tréboles, palos de golf, lunas. Iluminaba la impecable superficie que tanto habíamos elogiado durante la última Navidad.

Por primera vez me sentía libre. Sin las obligaciones del colegio americano, ni los Esfuerzos Cristianos de cada domingo, o el desespero diario de mi madre parada en el portal esperando a mi padre, desvelada hasta las cuatro o las cinco de la madrugada, que era cuando regresaba de la Base Naval de Guantánamo. Pintaba paredes, puertas, muebles, contrarrestaba la extraña sensación de liberación y de orfandad que trasmitía el vacío.

Mi hermana, fantaseando con el casi imposible regreso de nuestros padres, no paraba de reír imaginando sus zapatos sobre el linóleo, la sorpresa ante mi esmerado y profuso dibujo. Una casa ilustrada de incongruentes figuraciones.

A mi hermana la habían llevado antes al chalet de la tía Dora, muy cerca de mí, en la otra esquina. Querían convencerla de lo que a mí jamás me convencerían, pero estuvo firme y regresó enseguida conmigo; la negra Digna corría de una casa a la otra para atender a las dos chiquillas rebeldes. Digna es, en realidad, quien nos ha cuidado siempre; pues este mundo se nos estaba acabando sin que nadie pudiera intervenir del todo.

Comenzaba una vida distinta para nosotras; la anterior parecía no servirle a nadie. Una vida a la buena de Dios, tomando decisiones propias, y comiendo, de vez en cuando, lo poco que íbamos descubriendo en la alacena.

Dije que me quedaría para alfabetizar, que más tarde iría con ellos; sólo tenía catorce años y me interesaba algo más que trabajar en una compañía. Podría iniciar después otros estudios en los Estados Unidos, yo no quería arengar como cuáquera o ministro de Iglesia protestante (que era, en realidad, el destino previsto por mis padres para mí). Cuando nos agarró la locura de los años sesenta, todos esos proyectos se fueron a bolina.

Mi hermana se quedó para estar junto a mí, no por convicciones personales; tenía dieciséis años. Nos hicimos brigadistas «Conrado Benítez» y cada una alfabetizó en grupos diferentes. Ella hacía una vida para la cual no estaba entrenada, por mí se apuntaba a lo que viniera; de ella me gusta algo que no tengo: es adaptable, no se queja y piensa que lo mejor está por venir.

El día en que vinimos a la plaza a escuchar a Fidel, nos eligieron a las dos para entrar al Habana Libre a encontrarnos con unos periodistas que querían conocernos y entrevistarnos.

En medio de la fila, una señora muy delicada se me acercó discretamente, me preguntó si había estado en Varadero, disfrutando del premio que habían dado a todos los alfabetizadores. Fui a su lado, y casi en un susurro, le conté que no, que habíamos tenido que pasar por Banes, para cerrar la casa y buscar nuestros documentos. Mis padres se habían ido del país, y tuvimos que repartir las cosas y venir definitivamente hacia acá.

La señora se quedó pensando en mi historia. Me sacó del tumulto con dos escoltas, mientras localizaba la brigada a la que pertenecía mi hermana. Salimos de allí en un carro mientras oíamos de lejos, por los repetidores, la ronquera de Fidel. Entramos por el *lobby* del Habana Libre con dos milicianos que nos guiaban apurando el paso a todo el mundo.

Me gustó el lugar. Era un hotel de los años cincuenta, alfombrado y lujoso, me miré en los espejos, respiré el aire acondicionado que olía a perfume francés mezclado con repostería fina, subimos en un elevador plateado, y al abrirse la puerta de una *suite* apareció Celia, Celia Sánchez de espaldas, revisando algo en una coqueta que le servía de buró.

La miré de arriba abajo, sin poder evitar el azoro que atribuyen a quienes venimos del campo.

La delgada guerrillera llevaba unas sandalias negras, un vestido amarillo claro, y con una cinta, de ese mismo tono, recogía su largo y lacio pelo negro. Parecía una escultura griega. Nos recibió tranquila y sonriente.

De pronto mi hermana y yo, en medio de la muchedumbre, éramos junto a Celia el centro de algún suceso que no comprendíamos con claridad. Las tres sometidas a una descarga imparable de fotos.

¿Por qué nosotras? No éramos mejores ni peores que los otros alfabetizadores que esperaban abajo, en la plaza con Fidel. La respuesta a la pregunta de por qué estábamos allí, la tendría con los años: la historia no siempre privilegia en su portada lo heroico, sino lo casual, lo que está a mano para ser mostrado como épico.

Esa foto es la que más tarde apareció en el periódico y llegó hasta Miami. La carta de mi padre fue de «apaga y vámonos» pero, nosotras, abrazadas con uniforme de alfabetizadoras, retratadas en blanco y negro, estábamos encantadas de la vida. ¡Qué contradicción! Las hermanitas, americanas nacidas en Cuba (o mejor, en una parte de Cuba que no es Cuba, en la Base Naval de Guantánamo) ahora estábamos luchando, junto a todo el pueblo, contra el imperialismo.

Con sutileza, Celia pidió a los fotógrafos que salieran, no parecía gustarle aquel show.

Mi hermana me abrazó muy parca, como es ella, y tiesa como un palo dijo:

—¿Ya tú le diste un beso a Celia?

Negué con la cabeza, y ella me empujó hasta Celia. Al besarla, olí un perfume que nunca más he vuelto a sentir. Yo temblaba. No podía evitarlo. Celia me preguntó si me pasaba algo. Y atiné a responder:

—Me estoy orinando.

Entonces me condujo a un baño grande e iluminado, que más parecía un cuarto, y esperó a que yo saliera. Mi hermana le comentó que ella se estaba aplicando para estudiar Medicina. Quería ser patóloga. Celia, muy intrigada, le preguntó por qué patología. Mi hermana dijo que pretendía salvar vidas sólo mediante el microscopio, no le gustaban los pacientes.

—Prefiero estar entre muertos y tumores, que entre vivos que se quejan todo el tiempo —agregó resuelta, y a Celia el comentario le hizo mucha gracia.

Luego preguntó que si yo estaba interesada en estudiar algo especial.

—Quiero entrar a la Escuela de Arte. —Y puntualicé—: Me gusta pintar.

Preguntó si había visto exposiciones. Le expliqué lo poco que sabía de todo aquello: el museo Bacardí, la revista *Selecciones*, *El Tesoro de la Juventud* y un pequeño museo de arte precolombino, en Banes. Entonces me dio un lápiz grueso, bicolor, de esos rojos y azules, y echó a un lado la cortina de la habitación para que pintara:

—Algo tuyo —dijo.

¿Algo mío? Justo lo que no había pensado. Me temblaba el codo, sentía el pulso apretado; temía que todo fuera un desastre.

153

Mi hermana decía:

—Relájate, chica.

Y Celia sonreía, encantada.

Hice un boceto sin aparente forma y luego saqué de él, como por arte de magia, una mujer con cabeza de pájaro. Celia pidió que nadie borrara aquel pájaro de la pared de la habitación; yo estaba tan nerviosa que no había notado que, además de nosotras, había otras personas.

La llamaron por teléfono, yo me entretuve mirando por el cristal gigante de la ventana. La Habana era una joyita. Me encantaban los edificios y el mar a punto del atardecer, todo era como nuevo. Celia se había quedado mirando como una niña aquel pájaro con cuerpo de mujer que yo había soltado en la habitación.

Mi hermana y yo nos despedimos; pero ella no dejó que regresáramos al acto, estaba preocupada por nosotras, nos preguntó dónde dormiríamos esa noche e hizo otras preguntas, ninguna que nos ofendiera. (La señora de la plaza le había contado nuestra historia.) Celia no se refirió ni a Miami ni a nuestros padres. Nos quedaríamos con los demás alfabetizadores, dijo, y un rato después nos pidió que montáramos al *jeep* para llevarnos a su casa, en El Vedado.

Primero esperamos a que se acabara la manifestación. No se podía avanzar por el mar de gente que venía bajando, justamente por la calle 12, desde la plaza. Celia manejaba con el ceño fruncido, tenía brazos largos y las mangas raglán de su vestido caían sobre el timón. Cuando esperaba por el semáforo miraba la tablilla con papeles que llevaba en los muslos, las sandalias hacían subir y bajar los pedales.

Nos presentó a dos señoras, Pucha y Mary. Ellas nos atendieron y nos dieron toallas, jabones y unos pijamas igualitos a mi hermana y a mí.

Nos rociaron agua de violetas y dejaron listas dos camitas en literas, tendidas con sábanas que olían a limpio.

Terminamos tomando sopa de pollo y leche en jarrito blanco esmaltado. Creo que por eso adoro los jarritos. Esa noche no pude dormir ni dos horas. Me saltaba el corazón. Mi hermana decía:

—Si mamá se entera de esto, viene de Miami y se hace miliciana. Pero a papá sí que le da algo.

Todo el mundo en mi casa sabía quién era el padre de Celia y también era conocida la misma Celia. Mi mamá adoraba a Frank País y Frank País adoraba a Celia. Por eso y por Radio Rebelde sabíamos de ella, que era la más brava de todas, y que la estaban buscando para matarla. Mi mamá la vio una vez en Manzanillo, pero no hablaba nada de eso porque mi papá odiaba todo lo que oliera a revolucionarios.

Salí a la cocina para ver si podían alcanzarme un vaso de agua, la mitad para mi hermana y la otra para mí. Ya todos los muchachos estaban durmiendo. Venían con Celia desde La Sierra, eso lo supe luego. Estaban cansados de ver lo mismo. Pero nosotras no.

Agarré agua del filtro y, cuando menos lo esperaba, dos carros parquearon justo debajo de la ventana e iluminaron la casa entera. Nos despertamos todos. Era Fidel. No lo vi, pero era él. Lo supe por el sonido de las botas, la gente entrando por la otra puerta, el ruido y el cuchicheo de las mujeres que nos atendían.

Celia estaba sentada a mitad de la escalera, con una pluma en la mano. Me vio en el pasillo y saludó guiñándome el ojo mientras esperaba, vestida con ropa blanca vaporosa y descalza. Me dijo adiós y yo entré corriendo al cuarto. ¡Qué susto!

Mi hermana también escuchó los carros y quería que le dijera que había visto a Fidel.

—Dímelo, mi hermana, aunque sea de mentirita.

—Que no, chica, no lo vi, pero si ella estaba esperándolo y se armó el corre-corre, ¿quién va a ser?

Mi hermana y yo nos quedamos dormidas en nuestras literas. Estábamos más solas que nadie en este mundo. No conocíamos a la gente de la casa; sin embargo, ese día, pensamos que éramos como de la familia.

Me pregunto dónde están esos niños hoy. Qué ocurre con las cosas que ahora nos ilusionan y mañana se diluyen de una manera tan seria al punto de que se haga inútil volver sobre ellas. En esos casos uno hace silencio; pero, en realidad, ¿olvidamos?

Mi hermana, por ejemplo, casi no recuerda nada de esto. Le pregunto si lo hace para mortificarme o si, en realidad, lo olvidó todo. Creo que eso no tiene respuesta. Yo misma ya no sé ni cuántos días estuvimos allí. Sabíamos que entraban y salían muchos comandantes, combatientes y personas relacionadas con lo de La Sierra, incluida su familia. Vivíamos una película.

Me fui a estudiar pintura a la Escuela Nacional de Arte y mi hermana entró a la Escuela de Medicina, en el Pre Médico. Estábamos cerca, nos veíamos durante los pases, ella venía a la ENA o yo me quedaba en su albergue. Pasaron meses y lo de Celia nos parecía un sueño. Mi hermana y yo no hablábamos nunca de eso. Éramos Hijas de la Patria, menores de edad y no podíamos salir solas, tampoco los fines de semana. A veces, durante las vacaciones, autorizaban a los padres de otros compañeros a llevarnos con ellos a sus casas.

El 15 de enero de 1962 entré oficialmente a la Escuela Nacional de Arte de Cubanacán. Allí conocí a casi todos los que hoy son mis grandes amigos. Las personas más locas, distraídas, creativas, delirantes y hasta seres normales.

Era una fiesta estar con Amarilis y con Waldo Luis, tirados en el pasto del antiguo campo de golf, mirando la luna perdida entre ladrillos refractarios y hablando sublimes tonterías. Allí entendí que no estaba sola en el mundo, que pertenecía a un lugar especial con seres iluminados y también eliminados. Personas excluidas o integradas, quienes como yo, traían su propia locura e insistían en los mismos arrebatos y tristezas. No estaban allí para estudiar sino tratando de curarse de algo y, una vez que terminaban de pintar, curar a los que podían ver esas obras, reparar otros espíritus.

Éramos como espejos rotos que se reconstruían entre sí. Por nosotros mismos jamás lograríamos reflejar nada. Ése fue el modo que encontré para unir las partes de lo que me faltaba. Entrar allí fue el único modo de entrar en mí.

La propia Celia nos dejó en el Paradero de Playa y nos indicó hacia dónde debíamos tomar mi hermana y yo. Ella se fue en la guagua del Pre Médico. Yo subí a pie hasta ver los andamios que empezaban a construir las cúpulas, un castillo en ciernes se abría de piernas ante el Country Club, el que sería en lo adelante y por varios años, mi casa.

Poco a poco se hacía realidad el plan maestro. La escuela tiene un diseño maravilloso; si se divisa esa idea desde arriba, desde el propio mirador tan alto como el campanario de ladrillos rojos, se distingue la figura de una mujer desnuda, y, en el gusano alargado que conforman las cúpulas y las aulas de Artes Plásticas, puede verse una fuente que figura el sexo chorreante de aquella mujer dormida sobre la hierba del antiguo Country.

No había suficientes materiales para pintar o estudiar y los edificios aún no estaban terminados. Porro, Garatti y Gottardi, los arquitectos, uno cubano y dos italianos, deambulaban por la escuela hasta altas horas de la noche.

Celia llamaba a veces a la dirección preguntando por mí; lo sé porque algunos profesores me lo comentaron, jamás por la directora, una tirana que imponía disciplina militar: pintores marchando al comedor, bailarinas marchando al baño. Una verdadera locura.

En los primeros meses hicieron un llamado colectivo para integrarnos en la movilización de recogida de café en la zona oriental. El 22 de diciembre anterior, en la Plaza de la Revolución, le preguntamos a Fidel: «Dinos qué otra cosa tenemos que hacer. Siempre cumpliremos con nuestro deber.» Fidel nos contestó ahora: «A recoger café», y nos fuimos para las montañas.

En realidad tenía ganas de estar en La Habana. Pero ni quería ni podía perderme esa nueva aventura. Además, en la Escuela no se quedaba nadie. Tenía muchas ganas de leer y de pintar, pero habíamos preguntado a Fidel y ahí estaba la respuesta.

Al parecer eso era parte de la lucha económica que se estaba librando a propósito de la Segunda Declaración de La Habana. No sé, en ese momento nadie andaba preguntando tanto, metimos todo lo que teníamos donde se pudo y nos fuimos para las lomas.

Mi equipaje era una caja de cartón. Nos fuimos en un tren, escuelas mezcladas, hembras y varones juntos, ahora no recuerdo dónde estaba mi hermana en ese momento. El viaje no se acababa nunca; pero un día, por fin, llegamos a la ciudad de Guantánamo, cerca de la base donde nací. Recordé mucho a mi madre, hasta solté mis lagrimitas e hice un boceto con su rostro en mi cuaderno. No quiero que se me olvide, ya sé que hoy la familia es todo el mundo, pero la cara de mi madre es la cara de mi madre y con eso no se juega. Éste sí que fue un viaje al revés.

¡Qué hambre, Dios mío! Extrañaba la comida de la beca que cocinaba el chef de la *high life*, ahora inventando sustitutos para las sazones con lo que tuviese a mano. A aquellas comidas les decíamos: «Lo que el viento nos dejó.» Extrañaba el colchón, el comedor de la escuela con la lista de cubiertos finos para aprender a comportarnos como ellos, las personas que frecuentaban el sitio donde nos becaron cuando se fueron en los sesenta. Fuimos a vivir a sus mansiones, estaban situadas alrededor del Club, atiborradas de enciclopedias, muebles de estilo, adornos finos y, nosotros acabando con todo aquello. No sabíamos qué hacer con lo que encontramos en las gavetas o en los estantes de esas casas, ni siquiera imaginábamos para qué y cómo se usaban la mitad de esos implementos.

Esperamos toda la madrugada en el parque de Guantánamo y, al final, a las catorce alumnas de Artes Plásticas nos mandaron para Santo Domingo de Sagua. Llegamos extenuadas. El fango era tan abundante que tuvieron que amarrar el camión a los troncos de los árboles con un cable de acero. Me daba terror el precipicio, el vacío. «El abismo llama al abismo.»

Llegamos a un campamento grande con techo de zinc y un secadero de café cerca del río Toa. «El Achiotal», donde Raúl fundó el II Frente en la Sierra Cristal. Comimos fongos hervidos con carne rusa. Pasamos por un caserío, donde había una bodega que después nos suministraría comestibles, y por una casa de madera muy bonita donde vivía una familia francesa.

El trayecto lo hacíamos entre canciones revolucionarias, boleros y lamentos. Aunque no estábamos perdidas, tampoco era un lugar muy accesible, y eso a mí me preocupaba mucho. Soy de las que siempre tiene un mapa en la cabeza con las salidas de incendio, por si acaso.

Me quedé rendida en una vara en tierra donde tendríamos que convivir varias mujeres con hamacas y trastos. Al despertar me di cuenta de que la parte de atrás tenía un saliente techado con yaguas que era la cocina y una letrina que nunca visité porque, en esos casos, siempre he preferido el campo.

Conocimos al Jefe, el dueño del vara en tierra. Un hombre insoportable. Vivía allí con María, su mujer, y dos hijos. Su nombre bíblico, Adonai, va y viene a mi memoria recordando sus órdenes:

—¡Hay que trabajar desde que salga el sol y hasta que caiga la noche!, ¡si no trabajan no hay comida!, ¡ustedes deben pagar la comida con el trabajo!

Ninguna de nosotras sabía recoger café. A esas alturas nadie quería estar allí.

Nos levantábamos a las cinco y media de la mañana. Amarilis, la flaca, cacareaba como una gallina. Nos tomamos el café aguado de María. Los días y las noches borraban las ganas de pintar, de leer y hasta de cantar. Sólo estábamos al tanto de que los surcos se llamaban carreras. Morral al hombro, aprendimos a desgranar las matas sin dañar los granos verdes. No paraba de llover, era como si llorara todo el día. Y los domingos salía un poco de sol. Pasamos hambre y frío. Y me aburrí de los fongos y los gambutes hervidos dentro de un cubo.

Para ahuyentar las bibijaguas que se nos colaban entre la cintura y en el ombligo, nos perfumábamos con luz brillante. Odiaré ese olor toda mi vida. Éramos pequeñas, nos perdíamos entre las altas y ancianas plantas de café sembradas en las faldas de las lomas. El suelo era fangoso, patinaba, me apoyaba con las botas en los troncos para no caer.

ALBERGUE DE LOS CAFETALES

Contra nosotras
conspiran las antiguas leyendas
de los cafetales.
En medio de la noche
suena el cencerro
de algún mulo perdido.
¿Quién sabe
dónde se detuvo
rendido y aterrado
ante el juyuyo
de macabras burlas?
Pero la risa puede más
que todas las leyendas.
Somos nosotras, compañeras
despabilando el día entre las hojas
y el grano de café,
goteando el último bostezo de la noche.
El frío, las fatigas,
el jarro de café de boca en boca
nos reconstruye en una sola pieza.
Albergue de los cafetales,
cálido brazo de mujer
contra el que se desploma el silencio.

Un día, mientras miraba el precipicio, sucedió lo que yo intuía: perdí el equilibrio y me quedé colgando del morral, primero por poco me ahorco y luego rodé por una ladera bien inclinada golpeándome por todas partes, veía la vegetación y el fango de modo circular, como desde un ojo de buey, hasta que una piedra me detuvo la cabeza y perdí el sentido, la orientación y la memoria. A estas alturas de la historia, creo que fue lo mejor que me ocurrió.

De ese momento, de ese tiempo, lo que más recuerdo es el amargo dulzor que en el fondo conserva el grano rojo de café. Los baños de noche en un arroyo de agua negra y helada, la carita de Marisol, la filósofa del grupo, quien desde la orilla cumplía su promesa de no bañarse hasta regresar a la ENA.

En el momento del golpe me dejé ir, abandoné este mundo y no parecía mal plan. Fue la propia Marisol quien me acompañó por todos los hospitales. Según me cuentan me llevaron para La Habana, sobreviví a la caída yendo de un carro al otro y llegué viva al último hospital.

Veía imágenes entre desmayo y desmayo como si todo ocurriera lejano, fuera de mí. Recuerdo un poco del momento en que me trasladaron en un camión. Allí estaba, según dice Marisol, una columna de milicianos descalzos, me pareció como un sueño de lo descrito pocos años antes en Radio Rebelde, desde la Sierra Maestra. Algo estaba pasando. Marisol pensaba que era la limpia contra bandidos. Otros alzados, otros insurrectos estaban por las lomas, pero no. Más tarde ella me dijo en la cama del hospital que estábamos en pie de guerra. La respuesta de todos los movilizados fue permanecer en las montañas.

Allá las muchachas se cansaron de recoger lo que ya ni quedaba, y permanecieron atrapadas en la misma historia surrealista de las lomas.

En La Habana se vivía un ambiente de tensión. Decía Marisol que podían verse buques norteamericanos en el litoral. En el Malecón parquearon tanques de guerra y dondequiera aparecieron muchas trincheras, sacos con arena y personas armadas.

Estaba apenada con Marisol, ella a veces dormía en la cama conmigo, o se pasaba para el sillón de hierro del hospital. Pero no se quejaba: «siempre que sea en La Habana —decía— le daba lo mismo la guerra que el salón de operaciones».

De la operación ni me acuerdo, ni quiero hablar. Las cosas graves prefiero borrarlas. Las curas, los dolores y las secuelas están en el fondo de mi recuerdo. Listas para olvidar. Tenía la cabeza rapada, parecía una muchacha del medioevo, una de esas niñas calvas que veía en las láminas.

Un día, dormida y aún con la mente turbada, abrí los ojos. ¿Quiénes estaban en la cabecera de mi cama? Celia, mi hermana y Pucha. No podía creerlo. Antes no me había acordado de mi hermana. No pregunté por ella. ¿Qué pasa con mi memoria? Me sentí culpable.

Celia llegó a la sala y, sin preguntar nada, puso unas mariposas en un búcaro de barro al lado de mi cama y yo, que soy dramática, les di un beso a las tres y me puse a llorar como una tonta.

Celia dijo:

—No tengo tiempo para lloronas. Mucho menos para pasarte la mano. Te dejo a tu hermana aquí, te ha localizado por todas partes.

Pucha me puso un cuaderno y un lápiz amarillo sobre la mesa, con un sacapuntas nuevo y una goma de borrar bien olorosa. Mi hermana, para hacerse la simpática, dijo:

—Si sales viva de ésta, vamos a organizarte una exposición en cualquier lugar, pero primero tenemos que resolver lo que está pasando allá afuera.

Celia no dijo ni esta boca es mía. Me dio un beso, pidió que me cuidara. Yo le dije que mejor se cuidara ella. Ahí sí que vi sus ojos inquietos. Se despidió y salió por la puerta, casi corriendo.

Pucha me dijo adiós mientras detenía a una enfermera que empujaba fuera a Celia que ya estaba en la puerta. Nos sorprendimos mi hermana, Marisol y yo porque la enfermera nunca reconoció a Celia.

Mi hermana había ido rastreando en vano a Celia «la invisible», por la televisión y los periódicos. Por fin dio con ella en la entrada de Once y localizaron juntas el hospital.

Mi hermana no paraba de dar consejos. Sabía que algo grave estaba pasando en mi cabeza y en Cuba. Lo bueno era que nos habíamos reencontrado y no podíamos creerlo. Mis compañeras bajaron de las montañas tres meses después, cuando a alguien se le ocurrió mandarlas a buscar, a finales de aquella crisis. Se graduaron en 1967 en la primera promoción de artistas de una escuela creada por Fidel. Yo no pude graduarme, fui expulsada, pero eso es una historia que contaré después. Mi cabeza ha seguido más o menos funcionando. La memoria, desgraciadamente, sigue intacta.

Celia, Brooklyn y la nieve

De joven, Celia padeció unas urticarias que progresivamente fueron volviéndose frecuentes y severas. La familia decidió enviarla a los Estados Unidos, donde vivía su hermano Orlando, para que se le efectuaran los exámenes y tratamientos de rigor. Los análisis ratificaron el diagnóstico cubano. Era alérgica a casi todo, menos al mango.

Prescritos los posibles antídotos contra el padecimiento, la curiosidad mostrada por la muchacha hacia aquella ciudad fue tanta, que aun cuando Orlando vio controlada la erupción, le pidió que no regresara a Cuba hasta haber conocido la nieve. La estancia en Nueva York se dilató por seis meses.

Su hermano y el pintor cubano, manzanillero por más señas, Julio Girona, eran muy amigos. Así, por carácter transitivo, las hermanas de Julito se convirtieron en las hadas madrinas de Celia aunque, en realidad, tenían un parentesco lejano sobre el cual siempre bromeaban al reunirse. Las hermanas Girona mostraron la ciudad a Celia. Cuentan que ella parecía una niña curiosa, husmeando, encontrando detalles fascinantes dentro de aquel mundo interminable. Anotaba, absorbía lo que veía a su alrededor. Visitó los museos que pudo porque, según decía, «su gusto por el arte nació con ella».

Frecuentó las bibliotecas públicas; conocía y conversaba con los emigrantes en la calle, les hacía preguntas lo mismo cuando salía sola que acompañada. Era muy atrevida y le encantaba lanzarse a encontrar lo desconocido.

La fascinaba el barrio chino y el modo como sus comerciantes ordenaban la mercancía. Con paciencia asiática ellos la dejaban bromear en español, sin entender los chistes ni ademanes de la cubana. Se tomó fotos ante la estatua de José Martí y caminó por las calles que el Maestro recorriera en su estancia neoyorquina. Se dio una escapadita a las cataratas del Niágara. Disfrutaba los paseos en el ferry. Pensó mucho a solas y se sintió acompañada de esta nueva familia. A pesar de que había sido un mal año para los suyos y para ella en particular, en el Nueva York de 1948, Celia fue feliz.

Los Girona convencieron a Orlando de mudarse a una cuadra más cerca de ellos, y finalmente terminaron siendo vecinos: calle Clark, número 97, Brooklyn.

Una tarde, nevó. Ella y Orlando estaban en un cine del barrio viendo una película mexicana. Y fue al término de la función, a la salida del cine, cuando los copos de nieve se posaron en los cabellos de la muchacha. Ella se dejó caer en el banco de un parque y allí se quedó tiritando mientras sus ojos recorrían el reducido universo que alcanzaba su vista y que, poco a poco, se cubría de blanco envolviéndola. Era, al fin, la nieve. La nieve que se deshace con un soplo, tan efímera como las flores y las ilusiones de amor pero que, como las flores y las ilusiones, son recordadas toda la vida. Y al mirarse a sí misma, formando un todo con el abrigo, el banco, el piso y la ciudad, notó que la nieve se había ido transformando en agua sobre sus botas de gamuza gris. Agua tan limpia, tan líquida como la de Cuba. Entonces se levantó justo para decirse a sí misma:

—¡Es el momento de regresar a casa!

El campo de golf,
el Che y los desnudos

Estaba pintando casi desnuda. Quería verme el torso con ese maldito pedazo de espejo sobre el caballete. No había un alma por todo el campo de golf. Sé que es un problema eso de andar desnuda por el mundo, pero así pasó. ¿Qué le voy a hacer?

De pronto, llegó el Che en un *jeep* verde olivo y me vio con el torso descubierto.

No tengo miedo a nada de eso. No tengo prejuicios con mi cuerpo; el cuerpo, mientras se dibuja, pasa a ser otro elemento, está despojado de lujuria. Uno se siente en estado de gracia. El Che fue muy respetuoso conmigo, yo no dejé de dibujar mientras le respondía cada pregunta. El *jeep* al fondo, verde sobre verde, el Che y yo olvidados del mundo.

Luego, apareció la dirección de la escuela en pleno como si se tratara de una visita oficial. Más tarde el escándalo y las propuestas para el castigo pertinente, hasta Celia se enteró.

El regaño de Celia

Tomando café con leche caliente en su casa, Celia me recordó que el Che tenía una familia, se sabe que la tiene aunque no existan revistas del corazón, dijo sonriendo, yo atendí bien cada palabra que salía de su boca. ¿Me estaba regañando? Pedía detalles, argumentaba, intentaba advertirme varios puntos con el ceño fruncido y sin perder el sentido del humor.

Por fin me dejó explicarle. Le dije firme y sin respirar cómo ocurrió el episodio. Ella observaba mis pausas, mis gestos. Todo.

Abrió una caja de cigarros. Encendió uno a lo Bette Davis y respiró. Vino a mí, me sirvió más café con leche, y en otro tono, más calmado, me dijo que parte de las malas ideas de los adolescentes las ponen en sus cabezas los adultos. Estaba segura de que en todo aquello había una dosis de ingenuidad y candor que nadie podía calcular, mucho menos la directora de la escuela. Me pidió que entendiera a los demás, que a pesar de mi obsesión por la pintura, no me divorciara del mundo real.

Seguía fumando Chesterfield y tomando café con leche. Por primera vez ante mí, se dejó llevar por los recuerdos e hizo comentarios sobre sus encuentros con el Che en la Sierra.

Cuando conversaban, él le ponía la mano en la cabeza o en el hombro. Al terminar de consultarle algo, él daba unas vueltas en redondo y le entregaba, para su archivo, los apuntes que ella recopilaba. Al despedirse la abrazaba con cariño. Leía mucho, allá arriba en las montañas le daban ataques de asma terribles a eso de las dos o a las tres de la mañana, entonces se apartaba porque era muy orgulloso.

Ella pedía medicinas diferentes para irle probando un tratamiento u otro, pero el asma no desapareció del todo. Ah, los libros de medicina se los devoraba, porque era médico de profesión y vocación, si alguien estaba muy malo no pegaba ojo.

Así lo veía ella.

Estaba en la escalera, sentada y acurrucada con una manta blanca tejida, con la taza vacía en una mano y la cajetilla de Chesterfield en la otra. Muy seria, me preguntó cómo lo veía yo.

—Yo no lo veía —le dije—, tenía la sombra de su uniforme sobre la cara porque estaba a contraluz. Le voy a agarrar pánico y si vuelve a aparecer voy a salir espantada. Eso es lo que van a lograr, que no quiera verlo ni por la televisión.

Y ¡para qué fue aquello! Celia localizó al Che y a los tres días se me apareció en el albergue con él. Por suerte yo estaba de completo uniforme.

A partir de ahí, siempre que el Che andaba por Cubanacán, pasaba por la escuela y preguntaba por los de mi grupo. No hubo un día que me encontrara desabrigada, creo que esa manía de andar tapada la adquirí de Celia, después que me regalara

una mantica azul para abrigarme. ¿Sería una sutileza de ella? Puede ser.

Las cosas con Celia se resolvían así, de frente.

Fin de la escuela - el camino hacia la radio. Charla con Celia y Fidel en la casa de Once

Fumaba Chesterfield, uno tras otro, hasta que los pulmones no la dejaron hacerlo más.

En la casa se colaba el café en una tetera de tela, como en el campo.

Tema tabú. Era una mujer sola, sin hijos y sin esposo.

Se levantaba tardísimo porque trabajaba toda la madrugada, igual que Fidel. A ella no le gustaba aparecer, ni que la felicitaran el día 9 de mayo, por el cumpleaños. No le gustaba que le dijeran nada, ni que la adularan, ni reconocieran en la calle. Intentaba pasar inadvertida.

No se sentaba cómodamente sino en la punta de la silla, comía en un escalón o en el sofá, con una pierna aquí y la otra allí. Y hablando. Comía muy poco, con el plato en la mano. Arroz, frijoles, ensalada. Era una lucha para que comiera. Le gustaba mucho el pescado.

Se vestía de un modo muy especial. Un día le daba por sacos de harina, alpargatas y ya, pero también usaba sandalias, vestidos. Un traje de sacos de azúcar con tremendo cinto o tremendo collar y argollas. Era muy femenina, usaba ese perfume francés Rive Gauche, de Yves Saint Laurent. A ella le encantaba escuchar: «Noche de Ronda.»

En la casa de Once se dice que a ella y a Fidel les encantaba escuchar: «Los compadres.»

Para todos en la casa, Celia y Fidel eran como una sola persona. Las relaciones entre Celia y Fidel eran muy normales: él llegaba y naturalmente saludaba y ella se iba con él. Subía. En la casa, la palabra era: «No, porque Celia subió a atenderlo.» Cuando Fidel llegaba ella desaparecía. No se ponía ni nerviosa ni nada. Un momentico antes sonaba el teléfono. Entrando él por ahí, ella subía rápido. La familia siempre dice: «Cuando él llega nosotros perdemos a Mamía.»

Celia sólo manejaba sus yipicitos: le regalaron un Mercedes deportivo, un BMW, un Alfa Romeo, y aquellos dos yipicitos plásticos Citroën en los que yo la recuerdo siempre. Eso se lo mandaban a ella personalidades, jefes de Estado, vinculados con Cuba. Con lo único que tuvieron que gastar fue con los Fiat, porque cuando ella se operó ya no podía manejar otra cosa. El Fiat también lo recuerdo perfectamente. Había un cuarto repleto de regalos. Todo lo que le mandaban iba a parar a esa habitación, ella no tocaba casi esos regalos, se quedaban ahí por si alguien necesitaba algo. Siempre ayudaba a los otros, ésa era su obsesión.

Su rutina: pasaba madrugadas en el periódico *Granma*, y a veces visitaba la revista *Bohemia*. Conversaba mucho con Carlos Franqui, en «Lunes de Revolución». Leía el periódico y revisaba las cartas y telegramas mientras tomaba el café en la madrugada. Dormía poco, pero al despertar iba lo mismo al parque Lenin que a una oficina pegada al río Almendares, unos almacenes, después que pasas el Puente de Hierro. A veces tenía encargos personales de Fidel, regalos de gobierno… Se ocupaba de un montón de proyectos protocolares, no le gustaba la etiqueta en casa, pero era la mejor preparando asuntos de ceremoniales para ocasiones exclusivas. El departamento de Atención al Pueblo partió de su misma obsesión de no olvidar ni abandonar a nadie, de no dejar fuera a nadie. La casa estaba llena de niños como mi hermana y yo, pero algunos se hicieron mujeres y hombres allí. Ella los trajo de la Sierra Maestra, otros que se fueron pegando en el camino salieron de los trabajos voluntarios o de las carreteras, ella los adoptaba por el camino. Celia nos hizo convivir en medio de todo aquello. Nunca entendí cómo lo manejaba, pero se mantuvo discreta y a la vez transparente con todo aquel mundo que ella maniobraba.

El cuarto de Celia: tenía pintado en las paredes un paisaje de la Sierra. Arriba vivía Fidel, en la azotea, porque ahí no había un Pent House. Era una azotea, ella hizo allí como un *loft*. Con una cama camera. El ambiente era muy moderno, a dos aguas, forrado con madera, rodeado de cristales blindados que daban a la piscina que Celia hizo después para él. Allá arriba antes no había nada, todo eso lo ideó ella. La terraza estaba cerrada con ventanas de madera. Era como dos apartamentos juntos. En uno vivía ella y en el otro estaba la oficina. «Su privado», donde no le gustaba que entraran. Allí tenía una hamaca con lucecitas para leer. Un balcón cerrado con madera grande. Los muebles de la sala eran de piel de vaca, como los de taburetes. En su habitación había dos camitas personales.

No olvido su escaparate de acrílico transparente, ella andaba rápido, salía, entraba y quería ver todo a la mano, para no tardar en boberías.

En uno la visitaban todos los allegados y el otro era personal. Abajo vivía Lourdes con su familia; luego Celia; y en el último piso: Fidel, en ese espacio de la azotea. Había posta en la escalera, para cada piso, siempre, siempre.

Luego del último viaje a Japón no podía fumar, tosía mucho y no quería ver a su sobrino preferido; tampoco le gustaba que uno la viera con aquellos ataques de tos. Creo que Celia no quería despedirse de nosotros. Celia en realidad no quería despedirse de nadie. No era débil, no era fácil, era una mujer fuerte que no gustaba mostrar su fragilidad.

Testimonio:
trasmitido desde la radio enemiga

(Reconstrucción de un testimonio anónimo, tras-mitido por La Voz de los Estados Unidos de América el día del sepelio de Celia Sánchez.)

Hace muchos años a mí se me presentó una situación muy difícil. No quiero entrar en los detalles acerca de cómo llegué a ella porque no vienen al caso. En ese momento la tirantez entre el gobierno americano y el cubano era muy fuerte. Yo no era simpatizante del gobierno de Castro. Me quedé porque no quise irme pero tenía a toda mi familia allá. Entonces a mi hijo se le declara una grave enfermedad y el tratamiento donde único se hacía era en los Estados Unidos. Tenía que emigrar. Cuando se lo dije a mi familia de aquí me apoyaron y empecé los trámites. Pero los papeles se demoraron mucho, y mi hijo llegó a la edad del servicio militar. Entonces me las vi negras. Había una ley, no sé si seguirá, de que a la vez que un joven estaba citado para cumplir el servicio militar no podía salir del país. Si no aprovechaba la oportunidad, su salida podía demorarse cuatro o cinco años más, y el problema de mi hijo seguiría creciendo. Escribí cartas a todas las dependencias del gobierno que pudieran atender mi caso. Le escribí a no sé cuánta gente. Nadie me dio respuesta. No, no. Miento. Me respondieron del MINFAR, alguien (no sé quién), decía que había conocido mi caso, pero que la ley establecía eso y ellos no tenían potestad para cambiar una ley... no sé, algo así. Es decir, estaba en un callejón sin salida. No sabía para dónde virarme, a quién dirigirme. Y entonces alguien me dijo: «Escríbele a Celia.» Y lo hice. Le expliqué en detalle mi situación, le puse todas las gestiones que había hecho, las cartas que había mandado, mis datos personales; en fin, todas esas cosas. Aunque para ser franca, sin muchas esperanzas. No creía que una dirigente de ese nivel viera mi carta. En el mejor de los casos la secretaria se la daría a alguien que se encargara de atenderla, o dirían «mira a la gusana ésta» y la engavetarían sin hacerle caso...

Y pasó un tiempo. Y un día vino a mi casa una compañera preguntando por mí y me dijo que Celia iba a recibirme, que estuviera en su oficina tal día a tal hora. Y fui. A la hora acordada me hicieron pasar a la oficina. Celia me estaba esperando. Se levantó y vino a recibirme con mucha naturalidad, con mucho respeto, me preguntó cómo estaba mi hijo, me invitó a sentarme, y, cuando nos sentamos, puso la mano arriba de un paquete de cartas abiertas que tenía a un lado de la mesa y me dijo:

—Éstas son todas las cartas que usted ha mandado. Me quedé fría.

—Me he demorado un poco porque tuvieron que buscármelas. Pero la he llamado para que usted sepa que su caso será atendido. Y veremos qué podemos hacer para resolverlo. Usted no se preocupe. Alguna solución encontraremos.

Y así fue. Yo no sé cómo, pero lo cierto es que un tiempo después mi hijo y yo estábamos en el avión, legales, con todos los papeles arreglados y saliendo para Estados Unidos. Nunca le escribí para agradecérselo. No sé si fue porque pensé que se ofendería; a fin de cuentas yo era una desafecta; o porque en su misma actitud había algo de «no es necesario que me agradezca nada». No sé, eso que uno necesita tanto cuando está desvalido y, de pronto, viene alguien y te ayuda porque sí, por humanidad. A veces he pensado que si yo le hubiera escrito agradeciéndole lo que ella había hecho por mí, no le habría hecho caso a esa carta.

Castro y yo

Por Errol Flynn

[Fidel] tenía los oídos pegados a la pequeña bocina de un receptor de radio. Sobre una mesa, a menos de medio metro de él, un revólver belga: un arma de pavoroso aspecto. Durante un momento no nos prestó atención, al cabo del cual paseó la vista por la habitación. Era de mediano tamaño, ligeramente amueblada con aspecto de cosa preparada de prisa pero dando la impresión de ajetreo constante; de gente entrando y saliendo cada minuto. Celia Sánchez tenía una orquídea rosada prendida al hombro derecho. Le di la mano y bajé la vista a la altura de su cintura. Colgando allí de su delgada silueta, un revólver calibre 32.

Mi ligero desconcierto no impidió que mi ojo clínico hollywoodiense entrara en acción. Me di cuenta al instante de que no estaba conformada como la generalidad de las cubanas y que era más bien más delgada. Vi su cuerpo bellamente formado y calculo que sus medidas son 36-24-35. Éstas no son dimensiones de la cubana por regla general. Los cubanos, en su mayoría, prefieren dimensiones como éstas: 38-28-40. Cabellos muy negros, tez morena y ojos luminosos que no perdían detalle, que nada perdían y constantemente en viaje de retorno hacia el lugar donde se hallaba el Coman-

180

dante. Terminada la transmisión, Castro alzó la cabeza, nos vio y se puso en pie.

Tiene mi altura, poco más o menos; es decir, seis pies y media pulgada. Tiene una gracia y simplicidad de movimiento y una sencillez de maneras que lo confieso, no había esperado encontrar. No era, en una palabra, la figura imperiosa que había creído encontrarme; la figura y el gesto de un hombre con mando.

Mi primera impresión fue la de su natural compostura, subrayada por reservas de energía y de fuerza. No tiene el aspecto del que se ha tostado al sol. No daba indicios de haber vivido cinco años y medio en junglas, montañas a la intemperie, que era lo que yo creía encontrar. El rostro suave, lo mismo que las manos. En realidad no son suaves sus manos ni mucho menos, pero daban esa sensación de casi delicadeza, sin venas a flor de piel. Lucían más las manos de un hombre que ha estado detrás de un escritorio y no detrás de una ametralladora. Su apretón de manos fue fuerte pero no vigoroso en extremo. En cierta forma esperaba encontrar nervios de acero entre mis manos, pero nada era sobrenatural en su composición física.

Tenía los espejuelos puestos y observé, al comenzar a hablar conmigo, que su secretaria, Celia, lo atendía con su mayor consideración. Mientras hablaba, le quitó los espejuelos, sin aparentar él que se diera cuenta. Se los limpió y se los volvió a poner afable, pero sutilmente como para no molestarle. Un intérprete nos ayudó en la conversación.

—Le sugiero —me dijo— que vaya al pueblo de Palma Soriano. Ese lugar acaba de ser liberado por las fuerzas de la libertad y la gente de allí se alegrará de verlo, y podrá observar cómo se sienten los cubanos después de salir de las manos de Batista...

Fue entonces cuando le pregunté cómo debía llamarle y allí fue como entramos en lo de Fidel y Errol.

(De *Bohemia*, febrero de 1959, p. 50.)

Notas
(Fidel: detalles, costumbres, estilo)

Fidel fuma constantemente. El regalo que más apreciaba en la Sierra era una caja de tabacos de a peseta. A veces fuma en pipa.

Cuando llegó al primer pueblo con luz eléctrica (Palma Soriano) lo primero que pidió fue un helado. «¡Un helado, por favor! ¡Hace dos años que no sé lo que es un helado!», dijo.

Durante los primeros meses bajó hasta treinta libras. Sin embargo, cuando llegamos a la Sierra estaba ya en doscientas libras.

Fidel habla con voz suave. Hace gestos un poco descompasados con sus manazas. Su tic característico: apretarse la chiva, larga y desigual.

Durante estos meses leía cuando podía. Entre otros títulos: *El mariscal Mennerheim*, *La élite del poder*, *Obras completas de José Martí*. Curioso: en Guisa leía un libro sobre ganadería.

Fidel usa seis pares de espejuelos. Armadura gruesa, de carey. Es miope grado y medio.

La letra del líder es menuda, cuidada, clara. Escribe rápido. A falta de máquina, Celia le copia los documentos importantes en letra de imprenta.

La memoria de Fidel es prodigiosa. A un soldado que se presentó en Contramaestre le dijo: «Tú estabas en el Moncada en el 53. Un día me llevaste a la celda.»

Durante una práctica de tiro, un campesino hizo pasar su arria de mulos sin esperar orden de la posta rebelde. Fidel gritó: «¡Compadre!... ¿No puede esperar dos minutos? Yo llevo dos años esperando...»

En Providencia hablábamos del Ejército alemán. «Eran los mejores guerreros del mundo», afirmé. «Sí —replicó—, pero también los peores políticos del mundo.»

En su cabaña del campamento de la Plata, sólo había tres fotos. Las tres eran de su hijo Fidelito. Está orgulloso porque el chiquito ganó una competencia de natación.

La hamaca de Fidel es de fabricación mexicana, la única en la Sierra con mosquitero de *nylon*. Pero nunca la usó.

Usa dos relojes en la muñeca izquierda. Según Celia «es experto en romper relojes y espejuelos».

(FUENTE: José Pardo Llada, de *Bohemia*, Edición de la Libertad.)

La última vez que la vi

Una vez la vi llorando sobre el buró. Ella no era mujer de llorar, quizá fue mi imaginación. Otra vez toqué a su cuarto y no quiso salir. Decidí partir sin conversar con ella.

Llevábamos tiempo sin hablar. Pero ese día sí quise irla a saludar. Estábamos haciendo unas entrevistas por lo que sería luego el área del parque Lenin y la vi trabajando en un lugarcito apartado.

Salí del grupo, la gente de la emisora no se había dado cuenta de que el carro de Celia estaba a la puerta, ya no tenía el *jeep* y manejaba un Fiat nuevo. Entré a una zona donde ponían mármoles, y me senté a esperar a que ella saliera. Tenía la costumbre de ir al carro por cigarros y por una mantica.

Finalmente, allí estaba frente a mí. Fumando como una chimenea. Con sus manos delgadas y venosas, su pelo negro agarrado con un lazo y una flor silvestre clavada en la oreja. Vino a abrazarme. Intentó decir que estaba bien, pero yo sé que no lo estaba. Se la veía agotada. Ojeras, temblores. Ya no era la mujer que conocí cuando vine a La Habana. Me senté con ella en un quicio y empezamos a hablar algo semejante a esto:

CELIA: Tu hermana se fue, me lo dijo Pucha.

Yo: He tratado de verte para contarte lo que pasó.

Celia: ¿Por qué se fue, si ella quería terminar la carrera y ser especialista?

Yo: Ella se quedaba horas en la morgue porque decía que pasaba calor en la casa de visita. Estaba cansada y mis padres le pidieron que se fuera con ellos. Mi hermana se estaba volviendo loca, Celia. Sólo hablaba de tumores, instrumentos para cortar muertos, el microscopio la tenía aislada. Era el momento y se fue. Hasta he sentido culpa de que se quedara a cuidarme; a mí no hay quien me cuide.

Celia: Es una lástima. Pero hasta mi familia se ha ido por esto o por aquello, es la cabeza de uno la que tiene que estar aquí y ahora.

Yo: No puedo más, yo soy la próxima.

Celia: No lo creo —dijo encendiendo un Chesterfield con otro—. Tú estás aquí porque puedes.

Yo: Desde que me expulsaron de la Escuela Nacional de Arte por una calumnia, no soporto ni apruebo esa barbaridad de estar cuestionándose la vida íntima de la gente. Así no hay familia que se mantenga en pie. No hay respeto, no quiero que mi hija…

Celia: … ¿Cómo anda tu niña?

Yo: La niña está perfecta. Los niños son muy fuertes y te dan aliento para seguir en medio de todo lo que uno solo no aguantaría. Hemos pasado mucho, ya no soporto que se metan en mi vida, en nuestra intimidad, que me cuestionen.

Celia: ¿Sabes qué dicen de mí? Aunque lo sepas no vas a decírmelo. Pero yo sí sé lo que dicen de mí. (Celia me miraba fijo, con sus penetrantes ojos negros. Tosía, fumaba, respiraba con dificultad.)

Yo: El pueblo te quiere mucho. Tú lo sabes.

Celia: No soy tonta, me quieren porque no me despego de ellos, los veo, los toco, estoy en la calle todos los días. Pero por eso mismo, porque estoy aquí sé que hay otros que no me quieren tanto. Las cosas no son en blanco y negro. Han dicho que soy espiritista, o porque protejo a los homosexuales creen que puedo serlo yo también. Nunca me he casado y eso da que pensar. Esto es como en Manzanillo, a las viejas que se quedaban solteronas, como yo, siempre se les tejía una leyenda. Hablan y me hago la sorda, dicen que soy la mujer de... en fin, que mis sobrinas son mis hijas. ¡De mí han dicho tantas cosas! Hasta que estoy de acuerdo con los fusilamientos. Una con quien tiene que estar contenta es con una misma. No se puede vivir esperando a ver cuál es el rumor. Uno tiene que ser íntegro por uno mismo, no por lo que digan. ¡Ah!, pero si te vas por causa de lo que dicen, entonces no eres quien yo pienso. Perdóname.

Celia salió hasta el carro. Me pidió que montara. En el camino, de momento, como si lo pensáramos al mismo tiempo, las dos dijimos el nombre de mi hermana, y la extrañé mucho. No a la patóloga enloquecida sino a la cándida hermana que miraba fijo a Celia, a la salida del Habana Libre, en los días que llegamos a la capital vestidas de alfabetizadoras.

Celia: ¿Por qué la gente se nos va de esa manera, eh?

187

Yo: Por un rumor no es, de eso puedes estar segura.

CELIA: El otro día me hice unos análisis, estaba hablando con una patóloga. Pensé tanto en tu hermana. Seguro que me hubiese dicho la verdad. No tenía pelos en la lengua. Me recuerda a Griselda, mi hermana, es como ella, no hay quien la pare. Tenía un gran sentido del humor.

Reímos y luego hicimos silencio hasta llegar a la ciudad, sólo se escuchaba su tos y el movimiento rutinario de las escobillas del parabrisas. Llovizna-ba muy fino y, otra vez, La Habana parecía una pequeña maqueta ante nuestros ojos. Siempre que estaba con Celia sentía como si esta ciudad pudiera cambiar, modificarse, moverse, mejorar. Y todo lo veía desde arriba, tranquilamente.

Yo: Celia, ¿nunca te gustó la idea de ser Primera Dama?

CELIA: ¡Qué cosas tan locas dices! ¿En qué tiempo, hija? Yo nunca fui Primera Dama. Eso no es para mí. Nunca he pensado cosas tan sublimes, hay mucho que hacer aquí abajo. No puedes negar que estudiaste en un Colegio Americano y protestante. Sal del carro que llegamos.

Me quedé en Once hasta la madrugada, ella no paraba de toser, se ahogaba. Llamamos a su médico. Esperando a que la atendieran, seguimos hablando de los que se fueron. Ya ella no tenía fuerzas para discutir, pero discutía. Estaba con mucha tos y no paraba de fumar. Si aguanté unos años más sólo fue por mi hija y por ella. Por no darle disgustos, aunque después Celia y yo no nos vimos nunca más. Esa noche fue la última.

Ideas/Notas

Característica fundamental de Celia: la dejación absoluta de los intereses individuales en función del prójimo.

Su actitud: la vocación consciente de renunciación. El servicio como deber natural que no necesita reconocimiento ni estímulo.

Forma de manifestarse: pasar inadvertida.

Su conflicto: la Revolución es una vía donde uno, a la vez que entra, no puede parar. Detenerse equivale a la muerte. Sólo se puede avanzar. Pero esa lucha sigue cobrando vidas. Cada paso exige su cuota de sangre.

Su dolor: Celia formó parte del grupo de jóvenes sanos, educados para profesiones nobles, que asumieron voluntariamente la posibilidad del martirio: Abel, Renato, Juan Manuel, Alomá, Tey, Frank y Josué, José Antonio, Lidia, Clodomira, Ramos Latour, Ángel, Gustavo y Machaco Ameijeiras, El Vaquerito, Paco Cabrera, Camilo, Che, San Luis y muchos otros. También cayeron los reclutados o conocidos por ella en la zona de Manzanillo: Ignacio Pérez, Beto Pesant, Braulio Coroneaux, Ciro Frías, René Vallejo, Piti Fajardo.

De aquellos jóvenes que iniciaron la Revolución y participaron en todas las batallas sólo han sobrevivido cuatro: Fidel y Raúl Castro, Juan Almeida y Ramiro Valdés.

Haydee se sintió abrumada por tantas muertes y se quitó la vida. La diferencia con Celia es que, a la larga, Celia hubiera podido superar todas las muertes posibles, menos una.

Su religiosidad: no conocemos si su religiosidad se mantuvo en la Sierra gracias al padre Guillermo Sardiñas, capellán del Ejército Rebelde. Con el triunfo de la Revolución sufrió un cambio drástico. Según ella, la anuencia del clero de que las iglesias se utilizaran como tribuna política contra la Revolución, provocó que muchos católicos abandonaran el ejercicio de su fe. Celia prefirió abandonar su asistencia a la iglesia porque, siendo una figura de tan alta jerarquía política, su presencia allí hubiera provocado complejas polémicas.

Su comportamiento cotidiano: mantener los tres principios básicos de la vida guerrillera mencionados por el Che: vigilancia constante, movimiento constante, acción constante. Y trabajar de noche; dormir a ratos; desechar lo superfluo; comer sólo para cumplir la función biológica; vestirse rápidamente; valorar los objetos personales por su utilidad; bastarse a sí misma.

Su magia: no tuvo grados militares ni cargos relevantes; sin embargo, encarnaba la imagen noble de la Revolución.

Se habla de la posible relación amorosa entre Fidel Castro y Celia Sánchez. No hay indicios reales, y nadie quiere hablar del tema. Si fue cierto, se mantiene en un plano tan secreto que todo lo que se diga sería fantasioso y poco serio. Tampoco es lo más relevante. Reducir a relación de pareja el vínculo entre Fidel y Celia sería vulgarizar la historia.

Mientras Fidel estaba en México, organizando la guerrilla, Celia, sin haberlo conocido personalmente, ya había desplegado una ingente labor, reclutando una amplísima red de colaboradores para apoyar el desembarco del *Granma*. Y cuando éste se produce, en las condiciones más adversas que pueda imaginarse, ella se dedica a enviar refuerzos y medios de subsistencia al diezmado núcleo guerrillero, garantizando con ello su supervivencia.

Celia conoce personalmente a Fidel en febrero de 1957, es decir, casi cuatro años después del asalto al cuartel Moncada. ¿Que a partir de este encuentro su dedicación a Fidel aumentará hasta lo inconcebible? Sí. Pero no fue la única. Fidel subyuga a hombres y a mujeres por igual. Lo diferente es que ella, siendo mujer, estuvo más cerca de él que todos los demás y tenía potestad para hacer lo que a nadie más se le hubiera permitido.

Y por estas razones, ya habiendo triunfado la Revolución, Celia, sin tener grado militar alguno ni cargo importante dentro del gobierno, se convierte en la figura femenina con más alta jerarquía moral y política del país, sin que nadie cuestionara esa posición, sólo superada por Fidel y Raúl Castro. Y así fue hasta su muerte.

Cómo se enteró Fidel de la huida de Batista

Por José Pardo Llada

El 31 de diciembre de 1958 sorprendió a la Comandancia General del Ejército Rebelde acampada en el batey del Central América. Fidel, Celia, los comandantes Calixto García, Paco Cabrera y otros miembros del Estado Mayor estuvieron hasta tarde en Palma Soriano, rendido cinco días antes a las tropas del 26 de Julio. Alrededor de las doce y veinte, cuando ya dormíamos en la casona de don Ramón Ruiz, jefe de máquinas del ingenio, nos despertó una ronda que entonaba la marcha del Movimiento. Eran las muchachas de la tropa Mariana Grajales que improvisaban una serenata de Año Nuevo. Luego se oyó la voz de Celia Sánchez que daba las gracias a las valientes combatientes de la escuadra femenina. Las muchachas se marcharon cambiando las notas marciales por las suaves y melancólicas de «Noche de Paz». Ya a la una de la madrugada —mientras todo era nervioso trajín en el campamento de Columbia— estaba tranquilo el batey del América. Todos, hasta el propio Fidel Castro, ajenos a lo que ocurría en La Habana.

El día primero de año nos despertamos a las seis de la mañana. Tomamos café con Olivera, el jefe de Trincheras y en el portal de la casa nos pusimos a comentar los incidentes de la rendición de Maffo, cuya guarnición resistió durante veinte días el fuego de cañones, morteros y *bazookas* del Ejército Rebelde. Serían las siete y media de la mañana cuando vimos a Fidel. En aquellos momentos no sabía absolutamente nada de los sucesos de Columbia. Estaba indignado porque algunos rebeldes habían desperdiciado parque celebrando con tiros la llegada del nuevo año.

—¿No oíste la *balacera* de anoche?

Y agregó enfático:

—Voy a celebrarles consejo a todos los que se pusieron a derrochar las balas que tanto trabajo nos cuesta conseguir. A todos los de Contramaestre los voy a rebajar a cincuenta tiros cada uno. Figúrate, hubo quien disparó hasta cinco cargas.

Y dando paseos, a grandes zancadas, de un lado a otro:

—Una celebración más y me quedo sin parque.

En uno de sus movimientos característicos —con los hombros algo encorvados, las manos cogidas atrás, el rostro abstraído— se topó con el capitán Raposo, oficial del Ejército incorporado a las fuerzas rebeldes. Éste lo felicitó por el nuevo año, y contestó Fidel:

—¿Usted cree que será en verdad feliz, capitán?

Alguien apuntó:

—Éste será el año de la Victoria.

Sonrió Fidel y descansando una mano sobre nuestro hombro —otro de sus gestos típicos, como si se excusara de sus gigantescos seis pies dos pulgadas de estatura— comentó despaciosamente:

—De lo que sí estoy seguro es que este año será el de las preocupaciones. A mayores victorias, mayores responsabilidades.

Como se ponía un poco grave, suavizó con una alusión festiva a las frugales comidas de la Sierra Maestra:

—El año 59 será el de las preocupaciones. El 58 fue el año de las reses. Y el 57 el de la malanga.

El ayudante de Raposo, un hombretón gordo, jovial, satisfecho, hizo un comentario que tendría valor de profecía:

—Pues mire, comandante, yo soñé que ya Batista se había caído.

Fidel no contestó. Tras medio minuto en que todos callamos, se volvió a nuestro compañero Manolo Penabaz, que acababa de llegar de Contramaestre y le preguntó:

—¿Hay alguna noticia?

—Bueno —contestó el auditor de Las Vegas— desde ayer, muchas bolas. Que si se fue la familia de Batista; que si hay reuniones en Columbia. Pero todo luce rumor, laborantismo.

Evidentemente, Fidel lucía más preocupado que de costumbre. Con su carabina M-2 al hombro y la gorra echada hacia delante, retornaba a su inquieto ir y venir por frente a la casa de vivienda. Llegó Celia con unas cartas para el comandante y el grupo se dispersó. Fuimos a una casa próxima, a pedir ayuda para desmontar un rollo de cámara fotográfica.

No recordamos exactamente, pero debían ser las ocho menos cuarto, tal vez las ocho de la mañana, cuando escuchamos un *flash* que daba Radio Progreso:

«Dentro de unos minutos ofreceremos amplia información al pueblo de Cuba sobre la caótica situación cubana. En estos momentos se celebra en el Campamento de Columbia una importante reunión a la que han sido convocados los periodistas.»

No necesitamos escuchar nada más. Dejamos la Kodak y el rollo —y casi corriendo— fuimos a dar noticias a Fidel.

El Comandante se disponía a desayunar. Como para que se desquitara de las dietas hambrientas de la Sierra, la señora de la casa —Yolanda de Ruiz— le había preparado, además del café con leche, un arroz con pollo. Es decir, además del arroz con pollo, un desayuno de café con leche y pan con mantequilla. En la mesa, junto a Fidel, estaban en ese instante Celia Sánchez —delgada, menuda, fina—, su ayudante Marcelo —un muchacho de diecinueve años que llevaba invariablemente el famoso fusil de mira telescópica—, el comandante Aldo Santamaría, director de la Escuela Rebelde de Reclutas y el comandante Calixto García, otro de los del *Granma*.

Repetimos a Fidel el *flash* que acabábamos de escuchar y de inmediato se puso de pie. Su rostro, más que sorpresa, denotaba indignación. Llegó hasta la puerta del comedor y retrocedió.

—¿Por dónde oíste la noticia?

—Era una planta de La Habana, Radio Progreso.

Celia entraba en el cuarto que había servido de dormitorio a Fidel. Todos estábamos en silencio. Todos pendientes de la decisión del Comandante.

Fidel se retorcía los pelos de la barba y hacía esfuerzos para contenerse. En esos instantes, habría unas doce o trece personas en la casa. Al fin, como en un desahogo, dijo en voz alta:

—¡Es una cobarde traición! ¡Una traición! ¡Pretenden escamotearle el triunfo a la Revolución!

Atenazado por el reclamo de acción, salió a la puerta y gritó:

—Ahora mismo me voy para Santiago. Hay que tomar Santiago ahora mismo. Que me busquen a René de los Santos. Que llamen a Calixto. Que se presenten enseguida los Capitanes de Santiago.

Alguien —creo que Ramoncito, el dueño de la casa— llegó con nuevas noticias:

—Una estación americana acaba de informar que Batista y su familia salieron de Cuba.

Fidel repetía:

—Hay que asaltar Santiago sin más demora. Si son tan ingenuos que creen que con un golpe de Estado van a paralizar la Revolución, vamos a demostrarles que están equivocados.

Luis, el dentista personal del Comandante —que es al mismo tiempo el encargado del parque y material de guerra— se le acercó:

—Perdone, Comandante, pero yo creo que debería esperar. Por lo menos quince minutos.

Con tenaz resolución, Fidel seguía llamando a sus oficiales, dando órdenes para el avance sobre Santiago de Cuba.

Disciplinadamente, el dentista y cuartel maestre ordenó de inmediato que los camiones del parque tomaran rumbo a Santiago de Cuba. Al mismo tiempo, llegaban los comandantes del

Estado Mayor. Fidel no hacía comentarios. Dictaba órdenes.

—El tanque, que lo saque Pedrito Miret de Maffo y lo lleve enseguida para Santiago. La tropa de Hubert Matos, que se prepare para atacar con artillería el Moncada. Toda la gente que está en Palma y Contramaestre, que se sitúe en El Cobre.

Llegaba Luis Orlando Rodríguez, el viejo combatiente revolucionario. Lo acompañaba el dominicano Jiménez, todavía convaleciente de una grave herida en el vientre durante el cañoneo de Maffo.

Gente que entraba y salía ofrecía nuevos partes:

—Ahora el radio anuncia que Cantillo asumió la Jefatura del Ejército. El presidente es Piedra, magistrado del Supremo. Batista huyó a Santo Domingo. Ledón, el de Tránsito, es jefe de la Policía.

En medio del barullo, Fidel se apoyó en un armario y sacando una libretica de notas —de las que venden a medio en los *ten-cents*— comenzó a escribir su respuesta al golpe de Estado.

Diez minutos más tarde, nos leía sus Instrucciones a todos los comandantes del Ejército Rebelde y al pueblo.

INSTRUCCIONES DE LA COMANDANCIA
GENERAL A TODOS LOS COMANDANTES
DEL EJÉRCITO REBELDE Y AL PUEBLO

Cualesquiera que sean las noticias procedentes de la capital, nuestras tropas no deben hacer alto al fuego en ningún momento.

Nuestras fuerzas deben proseguir sus operaciones contra el enemigo en todos los frentes de batalla.

Acéptese sólo conceder parlamento a las guarniciones que deseen rendirse.

Al parecer, se ha producido un golpe de Estado en la capital. Las condiciones en que ese golpe se produjo son ignoradas por el Ejército Rebelde.

El pueblo debe estar muy alerta y atender sólo a las instrucciones de la Comandancia General.

La dictadura se ha derrumbado como consecuencia de las aplastantes derrotas sufridas en las últimas semanas.

De cómo recibimos la noticia (I)

Ese martes estaba llenando de agua la tina. Acaparé, pensando en que la pipa podía demorarse. Era mejor aprovechar y subir cubo a cubo lo que pudiera. Horario de agua: lunes, miércoles y viernes.

Si se altera un día algún municipio se atrasa, le deben a uno y a otro, así podemos pasarnos cinco días sin suministros. Éste es un país donde las cosas prácticas no están en función de uno, somos nosotros los que vivimos atentos a esas cosas prácticas. Es increíble. Le podemos dedicar al asunto agua toda una jornada. Eso de abrir la pila y que salga agua está lejos de la realidad del cubano.

Estaba con mi hija en la cama. No había nada que hacer, estaba atontada, releyendo mis programas de radio, fumando.

Todo el mundo me roba las ideas. Sacan del país mis programas sobre soneros antiguos y se convierten en piezas de colección aunque se trate sólo de anotaciones, bitácoras sonoras. En eso mismo estaba pensando cuando agarré el cubo y puse manos a la obra.

Tengo las venas salidas de hacer el maldito esfuerzo de subir y bajar baldes de agua. Tanto café que he recogido en mi vida y hoy no hay qué poner dentro a la cafetera, ni agua ni café. ¡Qué barbaridad! El estómago vacío me produce náuseas. Sube y baja, baja y sube 328 escalones hasta llenar una tina de 1936. Cuando iba por la mitad, llegó Pucha llorando, se sentó en la punta laqueada de la bañadera y me dijo:

—¿Tú ves?, esto se acabó, sabía que se estaba muriendo, me decían que no y mira.

Encendí la radio pero no, aún no decían nada. Nada de nada.

Tratar de despertar a Nadia para acompañar a Pucha. La niña estaba rendida, la dejamos cinco minutos más en la cama.

Entré en la tina llena de agua, allí mismo me enjaboné restregando duro mi piel con champú y jabón del bueno, enjuagué contaminando el agua limpia, ya no importaban los próximos cinco días por venir, «empezó lo que empezó», me dije. Pensaba en la cara de Celia muerta, con los ojos cerrados. Las mariposas a su alrededor, las personas llorando. Todo lo que vendría se me anticipó como un *flashazo*. Era un disparate pero la veía flotar como Ofelia sobre el agua, agua de mariposas, las mismas que pintara para ella Raúl Martínez. La espuma me impedía ver el fondo roído de lo que un día fuera blanco, ahora ya nada era blanco. Alguna herrumbre se amontonaba en mis pies. Algo está oxidado aquí debajo. Ya nada puede volver a ser como antes. La cara de Pucha lo decía todo. Lágrimas, óxido y jabón.

Cuarta parte

Nunca fui
primera dama

¿Tierra o sangre?

Hecha tierra, termino de leer lo que han dejado vivo del libro de mi madre.

Soy yo ahora quien va a investigar sobre Celia. Voy a reconstruir la novela y sé que todavía, hoy en Cuba, será difícil para mí. Aunque tire abajo su oficina inaccesible, no sabré nada más. Ahí hay postas, semáforos. Todo ha sido lacrado. Esa oficina habla de los otros, ella se llevó de ahí su cuerpo y su alma. Lo que atesoran ya no la contiene.

Creemos saber todo de la vida de los demás. Incluso, saber todo de nuestras propias vidas, pero no es cierto. Nos mantienen vigilantes, entrenados para la vida gregaria. Cazando gestos y síntomas ajenos. Explicamos sin que nos pregunten. Es sospechoso no estar expuestos en esta sociedad donde la vigilancia se ha trazado —también— urbanísticamente. Creemos saber todo del otro y, además, pensamos que conocemos cada partícula de uno mismo, quizá porque aquí la luz no deja lugar al misterio, pero eso no es cierto. Las aproximaciones a la vida ajena sólo agudizan el desconocimiento de nuestro propio universo. Es fascinante, uno se enajena y empieza a encarnar el personaje que está rastreando. Celia ha sellado sus anaqueles;

clausuradas sus salidas de incendio, los breves secretos se han quemado para siempre.

Su trabajo estaba dedicado a la conservación del patrimonio ajeno. Guardaba cada papelito, anotaba lo importante, aunque nadie pudiera percibirlo. Ella se mantenía en absoluta transparencia. Estaba segura de que un solo rastro suyo interrumpiría la existencia del otro, cualquier infidencia malograría su intención. Su estela queda en la historia de los otros. En eso se parece a mi madre que conservaba lo ajeno y hoy sólo puede ser reconstruida desde los demás.

Velorio de Celia. Mi madre.
Las mariposas. El pueblo

Recuerdo casi todos los desfiles adonde fui. También recuerdo a mi madre haciendo silencio para no ir a determinados desfiles. Tenía razones complejas, cada vez que me las explicaba se ponía a llorar y entonces yo dejaba de entender lo que trataba de decirme; obedecía. Tragaba en seco porque no soportaba verla llorar, menos por un simple desfile al que asistían mis amigas con sus madres. Siempre hemos asistido al mismo desfile. Es uno solo pero muy laaaaargo.

En la caja negra de cartón no encuentro nada sobre el sepelio de Celia, del momento en que me llevó a verla y le pusimos la flor. Pasamos horas en una fila caminando por la calle Paseo. Finalmente entramos a un gran salón con mármoles, una bandera y muchas flores. No vi a la muerta, me quedé con los ojos cerrados; mi madre me cargó para que le tirara un beso. Yo apreté los ojos y tiré besos al aire.

Estaba asustada, era la primera vez que vería a un muerto, así que no sé lo que pude haber visto, decidí omitir la imagen. Mi madre decía que era una amiga. Para mí era un cuerpo muerto.

Odio el olor de las mariposas porque me hace regresar al episodio de la amiga muerta de mi madre, a su tristeza. Pensé que se moría de tanto llorar.

Nunca más he desfilado; allí ocurren los grandes acontecimientos de mi país y siempre los relaciono con el dolor de mi madre. Ver la Plaza de la Revolución y sentir el olor de las mariposas es lo mismo para mí.

Veo gente llorando a mi paso, a mi madre llorando... me pierdo en ese mar de lágrimas, dejo de ser yo y empiezo a ser mi madre dilatada en lágrimas regadas por el suelo, lágrimas que me hunden en la nostalgia. Es una decisión: no voy a sitios donde la muerte me destroza.

La biblioteca forrada

La casa de mi infancia estaba dividida; el espacio que compartía con mi madre medía menos de cuarenta metros cuadrados pero, a pesar de todo, teníamos dos bibliotecas. Yo era pequeña cuando mami se fue, pero aún conservo las dos bibliotecas en mi memoria.

Podía verse una aparente en la línea frontal de estantes, con biografías, diarios, novelas, poemarios y, luego, detrás, camuflada, la biblioteca de los libros forrados, el espacio secreto, el laberinto preferido de nuestros amigos.

Cuando se hablaba en pasado de alguien que una vez nos visitó y tomó café en nuestra sala, era porque ese alguien ya no estaba entre nosotros. Cuando se citaba en voz baja, con apodos o apellidos transformados a «un innombrable», cuando sólo se extendía el ejemplar ante los ojos de otro amigo, aparecía un nuevo libro forrado. El mismo, pero «iluminado a mano». Rebautizado con títulos inofensivos como:

Manualidades. Colegio de Los Amigos. ¿Cómo aprender sin sufrir?, de J. J. Almirall.

Esos que iban a parar al fondo, a la dilatada oscuridad, en medio de una arquitectura invisible, al laberinto donde descansaban los más deseados.

Libros húmedos como herramientas del conde de Montecristo. Cada uno llegaba a mi casa de modo distinto. Eran «los años duros», y ahí se ocultaban los textos duros.

La información de esta lista de títulos no se le daba a todos, no se le prestaba a casi nadie, esos ejemplares no salían de casa. Entre comidas inventadas y borras recicladas de café, se leían de pie.

Mi madre siempre fue la reina velada de este pequeño círculo de aprendices, disfrutaba y sufría el halo que le confería el *no poder-no lograr-(o no querer)* editar sus versos. En los años 70 entregó un original a una de las pocas casas editoriales cubanas de entonces, pero nunca le respondieron. Hasta ahí llegó su gestión. No era sólo censura. Mi madre no hubiese podido publicar en ninguna parte. Fue una brillante corredora de fondo; aglutinó a un grupo de artistas que hoy forman parte de la intelectualidad cubana activa fuera y dentro de Cuba. Mi casa era el centro de muchos poetas, el eje de muchos debates, dolores de cabeza, fiestas, discusiones, llantos, despedidas y disgustos para quienes no aceptaban la diversidad de opiniones de esa época.

Amigo que caía en desgracia, amigo que mi madre rescataba. Clasificaba sus libros para ampararlos; de ese modo, con ese tópico, llegaron a sumar más de trescientos los volúmenes forrados. Y como el final de ese tipo de amigos era casi siempre emigrar, los libros seguían a buen recaudo entre nosotras.

Cuando los leí ya mi madre no estaba conmigo, ella despidió a todos pero se fue sin despedirse de nadie. Poco a poco venía deshaciendo estas preguntas: ¿qué podía justificar la censura?, ¿el autor o sus contenidos?, ¿se puede prescindir de esos autores y de esos títulos en Cuba toda la vida?

«El nido» de mi madre regresó a un mismo lugar oscuro, ella esconde en cierto sitio su caja de tesoros, extrae de la cartera siete libros forrados precavidamente, sigue trazando sus zonas de confianza. Es el miedo que lo confunde y lo enrarece todo.

Cuando conocí a Eliseo Diego yo tenía ocho años, y le pregunté a mi madre:

—¿Mami, él escribe libros «forrados»?

Mi madre me contestó:

—No, él escribe poemas para recitar de memoria, aunque pertenece a una generación forrada.

(Su hijo, Eliseo Alberto Diego, *Lichi*, descendiente del linaje de Orígenes, sí escribe libros forrados.)

Estamos en el minuto de desnudar los libros. Traigo a mi madre hasta el portal, la tapo porque el aire de mar es traicionero. La acomodo en el sillón de madera que ha ido haciendo suyo con los días. Deseo que vea nuestro ritual en primera fila. Por fin se cumplen nuestras peticiones, nuestras plegarias.

Lujo y yo encendemos una pira en el jardín que da al Malecón. Allí vamos quitándole la cáscara, la mordaza, la careta o el cinturón de castidad a los libros, desvirgándolos del miedo, tirando los forros para que se los coma el fuego. Algunas fundas tienen fotos de mártires; otras, el rostro de modelos rusas, los más recientes: anuncios y afiches de películas americanas.

El fuego nos hace delirar. Mi madre no sabe bien por qué, pero aplaude cuando los ve arder.

Lujo llora y yo río. No quiero que se me olvide este momento. He aquí la libertad conquistada con fuego, mi pequeña venganza histórica. Ha llegado el momento de abrir las arcas, revelar lo que han sido y dejarlos salir al aire empapado del Malecón de La Habana. La luz dorada alumbra sus nombres y apellidos.

Queridos autores: les presento La Habana a todo color.

Me pregunto cuándo van a dejarlos sobrevivir en las aduanas, o en qué momento van a ser editados en Cuba de una buena vez. Ni un libro escondido más, ni una palabra silenciada más. Ése es mi mayor deseo como ciudadana.

Mi biblioteca está desnuda, ahora falta salvar a mi madre. Antes de perder por completo su memoria, me permito develarle las carátulas originales. Le regalo el placer de verlas en todo su esplendor, aunque no entienda nada, aunque ya sea demasiado tarde para ella. ¡Qué maravilla mirarlas juntas ante el fuego! Leo a los clásicos del exilio como leo a los clásicos que viven y mueren aquí.

No hay dudas. Un buen libro nació para ser editado en su mercado natural, en su patria, con el sabor del origen, el olor y el tacto para el que fue pensado. El libro nació para ser leído. Pasar el dedo por el lomo desnudo y elegir que es el mandamiento para quienes deseamos escuchar y ser escuchados libremente.

¡Abajo los libros forrados!

Mi madre aplaude. Lujo sigue llorando. Hago fotos que testimonian este momento. Mi nueva obra.

Monólogo con la televisión

Están trasmitiendo en la televisión una entrevista de Fidel con un periodista argentino, es algo que ha dicho fuera de Cuba. Intento, un poco tarde, anotar las cosas que Mami va contestándole a Fidel desde su sillón.

FIDEL: Sí. De lo que parecía un triunfo de la Revolución, pero había que organizar aquello.

MAMI: Estábamos todos contigo, te lo juro por mi hija Nadia, que hace veinte años que no la veo.

PERIODISTA: El derrocamiento del régimen aquel y el inicio de un gobierno por parte de gente bastante inexperta que estaba en eso.

FIDEL: ¿Y hacia dónde? ¿Díganme hacia dónde? Búsquenme un mejor modelo, y yo les juro que haría todo lo posible, empezaría otra vez a luchar otros cincuenta años por el nuevo modelo.

MAMI: El modelo de abrirse al mundo. Te dije que te estaban engañando. Que de Cuba no entra ni sale nadie si no dan un permiso. Te dije que esto te iba a volver loco, porque la gente necesita sentir que puede irse o llegar, aunque no tenga para dónde ni con qué. ¡Ay Fidel!, esto es así, tienes que viajar y ver un poco de mundo sin tantos guardias, viejo.

PERIODISTA: ¿Cómo imagina el futuro de Cuba, cuando Castro no esté en el escenario?

Fidel: Esa pregunta se la hacen muchos y yo también me la hago.

Mami: Tienes que dejar aquello bien asegurado, que si no la gente se te mete hasta por las ventanas, y llegan los americanos que lo que quieren es joder a Cuba. Pero, mijo, apúrate que tú ya no eres un muchachón. Apúrate, llevo como veinte años advirtiéndotelo y tú encaprichado ahí como un chiquito con un *frozen,* que no lo suelta, pero el *frozen* se derrite.

Apúrate, Fidel, que estamos contigo.

Periodista: Por eso.

Fidel: Sí, pero el error es creer que Castro es todo, porque usted dice: Castro hace esto… Castro ha ideado. Por ejemplo, puedo atribuirme, con vergüenza —quiero decir, porque no quiero estar exaltando cosas personales ni mucho menos—, la idea de cómo resolver el problema de Batista cuando se da el golpe de Estado el 10 de marzo, y no teníamos ni un centavo ni armas y había una fuerza tremenda frente a nosotros y, además, nadie nos hacía mucho caso, porque el gobierno derrocado sí tenía recursos y contaba con el apoyo de algunos oficiales del ejército. Decidimos que, a pesar de todo, el problema podía resolverse. No hay mucho mérito donde también hay mucho azar. Porque usted me puede preguntar: ¿por qué usted está ahí? Bueno, pues digo: cuestión de azar, entre otras cosas. Ahora bien, hay algunas ideas. Cómo resolver ese problema era bien difícil, y también se corrieron grandes riesgos personales, pero se pudo resolver.

Mami: Fíjate lo que te voy a decir. Eres todo porque tú y yo sabemos que aquí hemos querido que sea así. Pero ahora hay que darle paso a los jóvenes, que uno no es eterno, me va a dar una cosa porque no me escuchas. No me escuchas, chico... ¡Niña, niña, apágame la televisión que me va a dar una cosa y, hasta que Fidel no me llame, no me la enciendas! ¡Hasta que él no venga a decirme lo que hay de nuevo, no la prendas! Lo tienen engañado. Lo tienen engañado. Nadie tiene para decirle lo que hay que decirle. Si Celia viviera se lo hubiese dicho claro. Porque si antes él no se alejó de la realidad y del pueblo fue porque ella lo tenía al día con todo. Sin endiosarlo. A la verdad con la verdad.

—Mami, cálmate.

—Apaga esa cosa y tráeme el radio; por radio él no dice eso.

Apagué la televisión y me di cuenta de que estaba llorando callada, con un pañuelito de Lujo entre las manos. Le puse el Noticiero Nacional de Radio. Me quedé con ella un rato. Le pasé la mano por la cabeza.

—Mami, ¿quién soy yo?

—Mi hermana.

—¿Y tu hija?

—En La Habana.

—¿Y dónde estás tú ahora?

—En el limbo. Déjame llorar un rato en paz, sola, a ver si esto se me olvida también.

Se quedó dormida en el sillón. Cuando Lujo llegó a la casa eran más de las nueve, leí los apuntes de lo que dijo porque no quiero que se me olvide. Lujo también empezó a llorar. Si amaron tanto esto, ¿por qué fueron capaces de irse y dejarnos solos?

—Ya lo entenderás, Nadia. Para ti empieza ahora. Tu mamá una vez habló con Fidel en la casa de Once. Pero nadie sabe qué fue lo que hablaron porque ella no era de llevar y traer información. Al parecer fue algo interesante, porque ella salió de allá con energía para comerse el mundo, la enviaron para la emisora y ahí empezó su historia con la radio. Por eso fue que demoró tanto en irse, después de la Escuela de Arte… las cosas cambiaron mucho cuando Celia murió. Ya la gente no se encontraba a Fidel en la calle, como antes.

—¿Y tú no sabes qué hablaron, o no me lo quieres contar?

—Eso estaba en la novela robada. Si entre los documentos de la caja no encontraste nada, olvídalo. Nunca se lo dijo a nadie. Ahora quizá siga en esa cabeza perdida. Nadia, a estas alturas es mejor ni saber nada del pasado. Vive ahora, éste es tu momento. Me voy a acostar. Me llevo a tu madre para la cama. Apaga el radio.

Dolor y perdón

Entré al hotel y, como siempre, me preguntaron adónde iba.

—Voy a encontrarme con un amigo.

El guardia replicó:

—¿Con un amigo?

Por suerte Paolo B. ya estaba en la puerta de este distinguido hotel que guarda tantos pecados, secretos, negocios limpios y sucios.

—Este hotel duda de mí.

Paolo me abraza y decide besarme en la frente. Bajamos al restaurante junto a la piscina. Nos sentamos a comer uno frente al otro. Paolo estaba distinto, sin abrigos, sin afeites. Se había quitado el casco y el escudo, vino desarmado. Ahora sí que era cubano, hablaba como nosotros, manoteaba, tocaba mi piel, abría los ojos, hacía muecas conversando, qué transformación.

—En tres palabras. Eres mi hija. Aquí están los papeles. Eres mi hija. No podemos vernos más de otra manera.

Lo miré dudosa. La cara de mi padre venía a mi cabeza, no podía evitarlo. Revisé los papeles del laboratorio americano presillados, a la vez, con otros de un juzgado en Italia. No comprendo el italiano. No pensaba más que en la secuencia de nosotros haciendo el amor. Me rendí ante Paolo, pero aquí no valía llorar, ya éste era un desplome interior, nadie debía participar de mi desastre. Otro desastre, parece que yo puedo con más. Los papeles estaban delante de mí.

Algo estábamos esperando.

—¿Qué tengo que hacer?

—Firmar debajo. Lo mío es tuyo, lo tuyo es mío. No tengo hijos, es decir, no otros.

Firmé los papeles sin chistar, sin mirarle a los ojos. Él intentó hacer un discurso pero yo no lo escuchaba. Habló de cifras como si resarcirme fuera un remedio, tampoco sé de qué pretendería resarcirme. Este enredo viene de lejos. Desfilaban sus «rencores pasados» solucionándose ante mí.

Decidí mirarlo a los ojos. Hace rato que no lo escuchaba. Intenté reconocer sus rasgos en los míos. Decía que la familia era de Pinar del Río, que su padre tenía vegas de tabacos, que me parecía a mucho a su madre... Ahora una abuela nueva, ahora una nueva casa...

—¡Qué disparate, Nadia! ¿Cómo no me di cuenta de que eres igual a mi madre?

Respiré profundo. Si ponía atención empezaría a vomitar.

Una guía de turismo pasó contando, como autómata, la historia del Hotel Nacional. Paolo B. hacía catarsis frente a mí, yo había obstaculizado mi capacidad auditiva. Como quien quita el sonido de un equipo, el drama de Paolo era silente.

Guía de turismo: «Ubicado en el saliente costero de Punta Brava, en la loma de Taganana casi al extremo de la caleta de San Lázaro, sitio habitual de desembarcos de piratas, se alza el Hotel Nacional de Cuba desde el 30 de diciembre de 1930, como el más importante del Gran Caribe. La colina que le recibe fue hospedera a mediados del siglo XIX de la famosa batería de Santa Clara. El cañón Ordóñez, uno de los más grandes de la época, aún descansa en los jardines del hotel. Asimismo, en el morillo de Punta Brava, el regidor don Luis Aguiar hostigó a los británicos durante el sitio y asalto a La Habana...»

Era patético verlo llorar por mí, la niña; por mí, la amante. Me parecía ridículo que este hombre fuera mi padre y que yo hubiera montado ese show de gimnasia sexual en la sala de su casa, lejos de esta realidad tangible, cruda, cubana, mía.

Estaba perdida en el desastre y, lo peor, sé que no podría recuperarme de eso jamás. El pasado agarra mi pelo y lo hala hasta sacarme de mi centro. Dejé de escuchar a Paolo, otra vez, para atender la vida de los visitantes y mafiosos dentro de este lugar.

Guía de turismo: «Entre sus primeros visitantes ilustres se destacan personalidades del arte y la literatura como Johnny Weissmüller, Buster Keaton, José Mojica, Jorge Negrete, Agustín Lara, Tyrone Power, Rómulo Gallegos, Errol Flynn, Marlon

Brando y el afamado Ernest Hemingway, quien donó a nuestro bar Sirena un ejemplar de castero…»

No quiero información del pasado. El pasado parece traer sólo malas noticias. El presente es asunto mío. El pasado depende de esta legión de hippies o guerrilleros urbanos que se hacían el amor para regalar sus ofensivas a los que llegamos después. Salí del salón, besé a Paolo B. en la mejilla. En mi nuevo papel de huerfanita venida a más, ya no podía escucharlo. Pedía perdón, perdón. Esto olía a Benny Moré.

Dolor, dolor que me ocasiona
mi bien, este cruel remordimiento.
Dolor, dolor, dolor, dolor que llevo dentro
por lo mucho que he llorado
perdón, perdón cariño santo
perdón por haberte abandonado.
Hoy quiero ver, quiero ver feliz tu vida
y darte un verdadero amor.

Pensaba en todo lo que le diría, pero no tenía fuerzas para atender a mi madre, cantarle las verdades a Paolo, superar la muerte de mi padre, aceptarlo a él y a toda su familia de Pinar del Río y, además, seguir mi obra. Seleccioné las batallas, había que pasar este trago amargo. Era el final, ya no podía llegar otra mala noticia. He tocado fondo. Paolo sacó la propiedad de unas tierras en Pinar del Río, algo relacionado con las expropiaciones de unas vegas. Quería que averiguara sobre esto, ahora que yo era su hija.

Respiré profundo.

—No seas ridículo. No es el momento. Déjame entender.

Atravesé corriendo el jardín. Paolo apuraba el paso tratando de alcanzarme.

Todo estaba mal menos La Habana. La belleza del patio frente al mar parecía contradecirme. El mar que nos rodea, el que nos salva y el que nos ahoga. Que nos hace dormir con los mismos, soñar con los mismos, parirle a los mismos y odiar a los mismos... también, querer a los mismos a pesar del mar y a pesar de ellos mismos.

Pensé decirle: «Ustedes no van a pagar nunca lo que nos hicieron. Son unos irresponsables.»

Pero nos abrazamos en la puerta del hotel. No dije nada, recordé que yo me había ofrecido a hacerle el amor en París, en la misma inconsciente seducción a que se expuso mi madre cuando fueron amantes.

—Te perdono porque me perdono, pero no hables más del pasado. Estoy aquí y ya. Punto final.

Paolo preguntó si podía visitar a mi madre, vino por cuatro días, aún le faltaba visitar Pinar del Río. Le dije que mañana, con otros amigos y a la hora del almuerzo. Hoy ya no estaba en condiciones.

Al atravesar la puerta el guardia preguntó con sorna:

—¿Un amigo, eh? ¿Qué clase de amiguito es ése?

No hay respuestas, no siempre hay respuestas coherentes para las cosas más simples. Bajé la lomita interior del Hotel Nacional, atravesé las canchas mientras los guardias de seguridad se avisaban a mi paso. Bordeé la piscina enrejada. Escuché a los huéspedes chapotear en su trópico socialista.

Alcancé la calle a la hora violeta, mi cuerpo y mi vestido gris coloreados de azul violáceo. A la tarde le quedaba un tiro, el cartuchazo final. Crucé hasta el Malecón y me pregunté por qué no venden pizzas en La Piragua, por qué no arreglan las casitas devoradas por la sal. ¿Por qué? ¿Por qué? ¿Para qué este mar de banderas si nadie nos salva? ¿Nos han visto? ¿Alguien nos ve?

NOTA: Nadie en casa. Tiemblo de miedo. Sigo escribiendo en mi diario.

Puro teatro

—Hola Nadia. Nadiezna. ¿Hay alguien en casa?

—Me asusté, no vi a nadie y pensé... a mami no se le puede dejar sola. Acabo de llegar. Tengo que contarte algo, es muy...

—¿Y esa cara llorosa? Tu madre no se ha perdido, deja el tragiquismo. Mira qué bonita la he vestido para salir. Es tu ropa, pero no es tu ropa. ¿Qué te pasa?, ¿no te gusta? Después haces tu cuento, primero el mío. Me llevé a tu madre para la calle. Estábamos en el teatro. Quedó muy bien restaurado el Amadeo Roldán, tú no sabes los recuerdos que tengo del Auditorium. Ésta no (señalando a mami), porque ésta no se acuerda ya ni de sentarse. (Es más feliz así, total, hija, con lo que tiene para recordar.) Fuimos a ver a Gidon Kremer y su Kremerata Báltica. Fue un concierto espectacular. Sentí nostalgia de la era soviet. Sobre todo por aquellas gorditas bálticas, ahora mejor vestidas, con ramos de flores en las manos. Tocó piezas de Cherubini, algo rabiosamente contemporáneo (te puse un pensamiento, para ver si aparecías en el teatro, pero ustedes los postmodernos tienen más lagunas culturales que nosotros los antiguos). Tocaron también cosillas de

221

Kancheli, Shostakóvich y cerró con la suite «Punta del Este», de Piazzolla. Luego un *ancore* de Piazzolla y otro que sacaron de la banda sonora de algún *spaguetti western*, creo que de *Por un puñado de dólares*. Ellos se divirtieron, los músicos. La estaban pasando muy bien, se veía. El público como nunca, fíjate que no tuve que regañar a nadie por hablar. Estábamos hipnotizados. La nota la dio el cloro, o más bien, la falta de cloro. Aquellos baños del Amadeo hieden como un zoológico en verano. ¿Qué diría Roldán?

—Me alegro que hayas llevado a mami contigo.

—Para seguirte la historia y, antes de que me cuentes tu problema, empezamos a aplaudir y a gritar ¡Bravo! ¡Viva! Gente de pie, flores que subían y bajaban, en fin, todo eso que nos gusta aquí para homenajear a los invitados. En medio de la euforia, hubo un pequeño silencio y ¿qué gritó tu madre?: «¡Viva Fidel!» No te puedo contar el impacto del grito: un silencio paralizante en la sala. Salimos de allí corriendo. ¡Qué horror!, ¡qué mal entendido! La pobre. Ya esa cabeza sólo se entiende con la televisión.

—No soporto un problema más, Lujo. Paolo B. está aquí y vengo de su hotel. Las cosas son peores de lo que pensaba.

—¿Llegó Paolo B.? Mmmmmm. ¿Y qué fue de aquel, su miedo rural a los aviones?

—Me dijo que lo sabías todo…

—Peor informado que yo no lo hay: no tengo radio, no recibo periódicos y desconecté la antena de mi cuarto desde que nos mudamos. No veo ya televisión ni en la sala. Así descansan mis neuronas y evito los disgustos y las discusiones unidireccionales con aquel bigotudo del noticiero. Te entiendo, pero a lo hecho, pecho.

—A lo hecho, pecho de mis padres y de todos ustedes, porque soy el resultado de esta familia disfuncional.

—Dios nos libre de integrar al diccionario de esta casa esas palabritas pedagógicas...

—Voy a acostar a mami y hablamos tú y yo...

Cada día duermo a mi madre como a una niña. Le canto en la cama, leo algo que le guste para que no se le olvide mi voz. Sé que todo está perdido, vino a morir aquí, piensa que soy su hermana.

Apago la luz cuando se queda dormida. Salgo al salón y escribo en el diario hasta que me rindo.

La casa está oscura y sólo las lámparas de cristal ámbar parpadean hasta el amanecer. El Malecón sigue rumiando sus miedos y yo, espantada, voy a la cama de mi madre dos o tres veces en la noche para escucharla respirar.

Me tocará verla morir. No podré evitar ese momento. Nos dibujo: ésta es mi madre al fin, ésta soy yo cuidando de ella. Las piezas se han invertido pero, es hora de admitirlo, no soy una mujer común, no voy a serlo nunca.

No sé si pelear con Lujo, es la única persona que me sostiene, alimenta y alegra la vida. Lujo es mi madrastra.

Mi madre no dijo nunca quién era mi verdadero padre. ¿Lo sabría? ¿Por qué la expulsaron de la Escuela? ¿Estaba enamorada de mi padre o de Paolo?

¡Cuántas preguntas quedan sin respuesta! Lo peor es que ya no necesito respuestas. Esas vidas libertinas de campamento y trova, ésas fueron las luces de los años sesenta y setenta. Yo soy la saga. Avanzo como un animal desentrenado sobre uno de los amantes de mi madre. ¿Qué hizo para que mi olfato le buscara? ¿El ridículo llamado de la sangre o una simple cadena de nombres? Odio las listas. El tanteo en las multitudes. Los grupos, las filiaciones colectivas. Como en las matemáticas, estamos ante un problema que no tiene solución.

Es la vida real y pongo fin a este largo recreo, al relajado verano en que han vivido. Barro esta resaca, limpio los paños sucios de su irresponsabilidad. Tiro los pañales usados por mi madre, la aseo. Le enseño a comer cuando lo olvida.

Velorio en vida

Ya habían llegado todos y yo terminaba de rayar las mazorcas; listo el sofrito con cerdo y camarones, faltaba remover y esperar a que el maíz fijara su sabor. Mi amiga Dania andaba de paso por La Habana. Desde que se graduó en la Escuela de Letras, no quiso saber más de esta ciudad hasta hoy, que vino de Cienfuegos a defender su doctorado. Ahora la Estética es su obsesión y nada más habla en el lenguaje de la «metatranca». Definiciones y conceptos que hieren y confunden. Da igual, la quiero como es. Su casa queda lejos y nunca podemos conversar más que por teléfono. Es sabido: uno construye y los críticos descuartizan, diseccionan el alma que uno pone en las cosas. Convierten al artista en un paciente de hospital, sobre todo, si se trata de un cuerpo expuesto en sus *performances*, como el mío. Dania me quiere, pero es mi peor crítica. Es la única amiga de la infancia que me queda en Cuba. Debo cuidarla como una reliquia.

Para Dania mi madre es un misterio. No puede creer que aún exista. Siempre esperaba que en uno de nuestros cumpleaños colectivos en la escuela apareciera con una muñeca enorme y junto a los otros padres del aula me cantara: «¡Felicidad, felicidad, felicidad, ehhhhh!»

Pobre Dania, qué simple es la vida para ella. Si ve la Estética de esa manera, estamos perdidos.

Dejo a Dania frente a la computadora para que lea las cartas de Diego. Después del tiempo que pasamos juntas, no puede haber secretos. Dania está ensimismada ante el cristal líquido de mi máquina.

En la mesa redonda conversan los viejos amigos. Yo cocino para ellos. Mami tiene la mirada perdida. Todos hablan de forma cuidadosa, como si la enferma fuera extranjera o sorda.

El diálogo transcurre muy afectado. Pensé que en realidad se encontrarían como si el tiempo no hubiese pasado; pero no, el tiempo pasa y no perdona.

Beben, parlotean, alzan las voces, ríen, lloran. Poco a poco entran en calor, pero noto algo particular. No pueden recuperarse de ellos mismos. No logran agarrar el ritmo doméstico, eso de estar entre amigos y en confianza. Soy la observadora, la cocinera, la anfitriona; soy la hija.

PAOLO B.: No es suficiente sobrevivir, hay que vivir cada minuto.

ADRIANA: Viendo la cantidad de personas que se han muerto a nuestra edad, al carajo la política y al carajo el pasado. A la vida.

(Brindan con un vino francés de sabor afrutado que ha traído Paolo B. para la ocasión.)

PAOLO B.: Por el reencuentro, y por la salud que es lo más importante —dice mirando a mami con cara de funerario de provincia.

Mami: La salud va y vine, mírame a mí. Lo importante es el dinero.

(Los amigos hacen un esfuerzo por no reírse, pero es imposible.)

Paolo B.: ¡Lo que hace la política! —dice apuntando nuevamente a mi madre.

Lujo: La política es como la sal, sin ella no podríamos cocinar cada día. No podríamos tomar partido por aquél u otro candidato, o decidir una postura…

Adriana: Lujo, ése eres tú, que te fuiste a pasear y regresaste después de veinte años, aquí no hay sal que valga. La política es una y no muy entretenida que digamos.

Alina: ¡Ay!, chico, ¿por qué no dejan de hablar de ÉL? Vine aquí para hablar de ella —mirando a mi madre.

Mami: Buenas noches, ¿vamos a escuchar mi programa? Un radio, por favor.

Nadia: Estamos aquí para comer juntos. El programa ya pasó.

Mami: Te dije que me avisaras. Yo no conozco a nadie.

Nadia: Mira, te los presento uno a uno.

Mami: No, no. Además están muy locos y hablan de cosas que no entiendo. Conmigo no cuentes para estas amistades, ellos están conspirando.

Alina: ¡Ay!, no puedo con esto *(llora)*. ¿Tú no te acuerdas de mí, de tu mejor amiga? ¿Pero cómo es posible que te pasara eso?

227

MAMI: *(hace un gesto dramático mirándola)* Te dije que no, déjame en paz.

PAOLO B.: Esto se lo debemos a la política. A ella la volvió loca este sistema.

ADRIANA: Pero si ella ha pasado la mitad de la vida fuera.

PAOLO B.: Huyendo, huyendo del sistema. La enloquecieron.

ALINA: Nadia, mi vida… ¿y qué fue para ti verla llegar así?

NADIA: Ya está aquí. Es un alivio.

ADRIANA: Pero no todos estamos así, ésa es una idea falsa de lo que estamos viviendo.

JOSÉ RAMÓN: Nadia y… si no es indiscreción, ¿ella por fin publicó la novela fuera de Cuba?

NADIA: No, es una historia muy triste, sólo llegaron apuntes, fragmentos del borrador…

ADRIANA: Yo sí la leí completa, se la quitó la loca que andaba con tu padre. Por arribista, la novela no tenía nada de nada. La escribió por Celia, era un homenaje. Total, si se acuerdan de ella una vez al año, «en un Aniversario más de su muerte», nadie la menciona fuera de los aniversarios.

PAOLO B.: Es que ésta también era loca. Métete con la cadena, pero no con el mono.

ALINA: ¿Pero hubo represalias? ¿La detuvieron? Es que a mí no me queda claro si eso se venía arrastrando desde que tu mamá se veía con el Che en la Escuela de Arte.

JOSÉ RAMÓN: Oye, frena ahí, ella no se veía con nadie.

ADRIANA: Vamos a dejarnos de cuentos… Nadia, no sé si es justo o injusto lo que te contaré pues yo soy dos años menor que tu madre, pero a ella *(la señala, la zarandea y la toca con el dedo)* le decían la Primera Dama. Porque, o la buscaba el Che para darle una vuelta, o la llamaba Celia por teléfono.

MAMI: No, nunca fui Primera Dama. Ojalá...

(Ríen todos.)

JOSÉ RAMÓN: ¡Qué injusticia, Adriana! No hables tan a la ligera. Esas mentiras pasan a la historia como ciertas y luego se convierten en mitos. No era así, y no voy a dejar que se quede así, porque es injusto. El Che pasaba a vernos a todos, deja la especulación que eso aquí es grave. La novela se la quitaron porque esa mujer se quería ganar un cargo a su costa... metió el chivatazo y se acabó el mundo. Ésa, por cierto, tiene lo que cultivó. Está en su casa, despidiendo hijos que se van, y haciendo dulces para vender en dólares.

ALINA: ¿Cuál era ésa?

JOSÉ RAMÓN: Alondra, la periodista, la nieta de aquel ministro que también...

ALINA: Sí, sí, una loca, con cultura de prólogo, que fue la amante de todo el *monde diplomatique*.

JOSÉ RAMÓN: El caso Alondra... si la ven ahora se mueren. Es vecina mía. Parece mi abuela.

ADRIANA: Esta mujer que está aquí *(señala a mi madre)* pudo ser primera en todo. Pintaba y escribía bien, era una investigadora maravillosa... Era, ya no es nada, se extendió como una alfombra para que la pisaran.

PAOLO B.: ¿Y entre ustedes no hay delatores, gente que quiera joder? Mira esa amiguita tuya, por ejemplo, cuidado, no le quita los ojos a la computadora.

NADIA: Por lo que veo nosotros estamos un poco más sanos que ustedes. Para mí todo el mundo es inocente, mientras no se demuestre lo contrario.

ALINA: ¡Qué malpensado eres! Sigues agrio como siempre.

ADRIANA: Mira Paolo, aquí nadie va a pasarte la cuenta que mereces. Así que siéntate y cómete el tamal en cazuela.

NADIA: Parece que ustedes nunca se pusieron de acuerdo. Pensé que a esta edad les tocaría un concilio.

MAMI: Allá en la isla no hay concilio; sólo guerras. Lujo, el marido de nosotros, ¿salió? ¿Dónde está? ¿Fue a editar?

(Silencio, unos minutos.)

ADRIANA: Mi niña, con lo que tú has pasado y lo boba que eres todavía... Mira a tu madre: loca y todo, está más clara que tú, pon los pies en la tierra. A esta película le quedan tres asesinatos, un bombardeo y un final feliz con abrazo y sonrisa para la foto.

ALINA: ¿Final feliz? Tú sí que eres optimista.

PAOLO B.: Yo ni muerto bajo la cabeza, yo vine para verte. Quiero que sepan que...

(Me levanté de la mesa para no escuchar. Lujo me sentó de un tirón. Yo me volví a levantar.)

Nadia: No me gustan las telenovelas. Voy a la cocina. Mi vida no se discute en una mesa redonda.

Lujo: Nadia, ven, seguro que contará que vino a devolver todos los cuadros que robó para la travesía.

(Risas colectivas.)

Hablan de mi madre delante de ella como si estuviera muerta. No soporto esa sensación. Le pido a Dania que salga de la computadora para que anote algo de lo que se comenta. No puedo más con este batallón de diletantes.

Aunque no hay quien los siga, Dania anota lo fundamental. Esto no es más que un entierro en vida.

Notas de Dania

Alina dice que Lujo no tenía por qué entregar la otra casa al gobierno, pero Lujo sabe que aquí no se puede tener dos propiedades. Prefirió la herencia de su madre, frente al mar, que aquel apartamento lleno de rencores.

Adriana habla de la presencia de Catulo en el *Epithalmium lasciuum*, del poeta holandés Juan Segundo, y ciertos hallazgos de mi madre y de ella durante aquellas horas de sublime lectura sobre la hierba, en la Escuela de Arte, días antes de que las expulsaran a las dos. A la una por la otra. Por amistad intolerable, inmoral. Acusaciones de bisexualidad. Historias que empezaban y terminaban en Catulo.

Alina pregunta, no en su nombre, no, sino de parte de Maricela y Aleida que le escriben desde Miami, si van a enterrar a mi madre en el fabuloso panteón familiar de papá.

(Caras de circunstancia ante el inesperado comentario.) Alina toma la cartera y sale a fumar afuera. (Lujo es ahora americano y no permite que se fume en casa.)

Paolo B. disfruta el morbo afirmando, de repente, ser el padre de Nadia. José Ramón relaciona la noticia con la novelística cubana del siglo XIX, y todos, como llegando a un acuerdo tácito, optan por el silencio en espera de otro asunto de altura. Es cuando Alina decide contar que se va a Miami, ahora, con sesenta años, a empezar de nuevo. Ya no quiere ser presentadora de radio ni de televisión, ahora quiere ser: «Persona.» Alina cuenta que pasa horas mirando el fogón como quien detalla un cuadro abstracto, sin nada que cocinar. Su vida es un calco de la que terminó con los nervios de su madre. Le aterra un final idéntico, inamovible, jodido. Mucho mundo interior, sí, para llevar ropa interior zurcida, para ahorrar detergente, para caminar horas buscando un transporte. Tanto anhelo sin cumplir a los sesenta. «Me voy porque quiero ser una más que camina por el mundo.»

Un exilio más, un amigo menos, dice Lujo y confiesa por qué está de retorno, todos lo entienden, el suyo será ahora un viaje interior. Unos se van, otros regresan.

Hablan sobre dónde conseguir camarones, el precio oficial de la carne (de cerdo), el maíz, el vino chileno y el miedo a que lleguen los ciclones y se pudra la comida en el refrigerador.

Según los apuntes de Dania, mi madre intervino con más lucidez que los otros. Ha dicho las siguientes frases:

1. El sentido común es el menos común de los sentidos.
2. Con amigos como éstos no necesito enemigos.
3. La lengua es enemigo del cuerpo.
4. Me siento culpable incluso cuando no lo soy.
5. Nadia nació en el 70 y el Che murió en el 67.

Me esmeré. Vestí la mesa redonda con un mantel de hilo dibujado por Lujo hace más de treinta años. Quedó exquisito el tamal, un plato que aprendí con mi padre, el que ya no lo es (pero sigue siéndolo). Como mi casa, que no es mi casa; el país que no es mi país (pero sigue siéndolo). O como mi madre, que se escapó y no pudo ser mi madre.

Dania y yo nos sentamos en el bar que da al ventanal corroído. Sobre las banquetas altas de los años cincuenta, tenemos la ilusión de que somos, si no más grandes, al menos más altas que los invitados. Desde aquí les observo como a vuelo de pájaro; parecen caballos que vienen al abrevadero, tienen sed y están cansados de andar el camino.

A mí se me ha quitado el hambre. El plato está servido, intacto. No somos mejores, tampoco albergamos ya esperanzas de nada. Entrar y salir es sólo cambiar el fondo. Cienfuegos, París, La Habana. Ni el desplazamiento nos complace. Trasladarse de sitio es otra ilusión.

Ellos organizaron nuestras vidas para alimentarnos la ilusión de felicidad. Fue tan real, que aunque nunca existió, hasta la extrañamos. ¿Fueron libres? ¿Fueron felices? ¿Debieron quedarse como mi padre? ¿Irse como mi madre?

Poco a poco se fueron los amigos. Paolo B. me besó en la frente. Me sentí revuelta y estrujada.

Dania y yo nos acostamos en la cama con mi madre a cantar «La cleptómana». Según Lujo y según mi padre, una de sus canciones favoritas. Mientras cantábamos, ella se quedó dormida. Hablamos de grabarla a trío para mi programa, pero ella no podía seguir la letra. La tapamos y nos quedamos mirando cómo respiraba, engurruñada entre las sábanas.

La cleptómana

Era una cleptómana de bellas fruslerías,
robaba por un goce de estética emoción.
Linda, fascinadora, de cuyas fechorías
jamás supo el severo Juzgado de Instrucción.
La conocí una tarde en un comercio antiguo
hurtando un caprichoso frasquito de cristal
que tuvo esencias raras, y en su mirar ambiguo
relampagueó un oculto destello de ideal.
Se hizo mi camarada para cosas secretas,
cosas que sólo saben mujeres y poetas.
Pero llegó a tal punto su indómita afición
que perturbó la calma de mis serenos días.
Era una cleptómana de bellas fruslerías
y, sin embargo, quiso robarme el corazón.

—Si en los años sesenta nos hubiesen visto así acostadas juntas, ¿qué hubiera sido de nosotras? —dice Dania bostezando.

—Yo no hubiera aguantado todo aquello. Mi madre es una mártir.

—¿Tú la quieres?

—Apenas nos estamos conociendo.

Dania se ha dormido. Miro sus apuntes sobre papel cartucho. Paolo B. tiene razón, mi amiga está entrenada para taquigrafiar informes. Es rápida, sagaz y delatora.

No puedo dormir. Suena el teléfono, un teléfono sonando en la madrugada, el peor ruido del mundo. Es José Ramón, tampoco puede conciliar el sueño. Lo invito a desayunar mañana. Quiere hablarme sobre el libro de mi madre. Es el indicado para ayudarme, dice. ¡Qué insólita herencia de amigos me deja! En cada uno de ellos descubro lo que perdí.

Desayuno.
La pecera y la muerte
de mi madre

El mar parecía un plato de sopa caliente.

Esa mañana coloqué la mesa en la terraza que mira hacia el Malecón; el mantel de hilo blanco ondeaba hermoso en contraste con el veril celeste. La gente siempre pasa y mira, es lo que no me gusta de comer ahí, las miradas; pero entre el mar y los testigos, prefiero el mar. No quise privarnos del desayuno afuera.

Café con leche y pan con mantequilla. Mermelada de guayaba y un juguito de mango. José Ramón llegó mientras yo acomodaba a mami.

En quince minutos ya estábamos desayunando. Mami se quedó en la cama, como de costumbre, después del baño matinal.

NOTAS DE MI DIÁLOGO
CON JOSÉ RAMÓN

—Te pregunté sobre el libro de tu madre porque siempre me he sentido culpable de todo lo que ha pasado con ella. De nosotros el único que podía hacer algo era yo. Era, digamos, el más confiable. Si hubiera guardado el original, como ella me pidió, hoy sería un libro editado. Las cosas han

237

cambiado mucho, la pirámide se ha invertido. Mis dos hijos están en España y ahora es a ellos a quienes debo explicarles, argumentarles por qué sigo militando en el Partido. ¿Tú te imaginas qué locura? Mis hijos no entienden mi posición. Pero así me voy a morir, Nadia.

»Lujo me ha dicho que piensas rehacer el libro. Quiero ayudarte. A ustedes les tocó otra vida. Nosotros, ni atacamos El Moncada, ni disfrutamos de estos soplos de libertad. A nosotros lo que nos tocó es estar en medio de dos corrientes. Pero si de algo sirvió, adelante.

»¿Te acuerdas de Pucha? Es decir, de Ana Irma. (Tu madre le cambiaba el nombre a todo el mundo.) Somos vecinos, hacemos La Guardia juntos en la zona; somos amigos desde hace más de veinte años. Te traigo la entrevista que le hice hace unos meses, cuando supe por Lujo que tu mamá estaba por venir. Te pregunté si había publicado por fin su novela sobre Celia, aunque me refería a otra versión, porque el original nunca salió de Cuba.

»Aquí te dejo mis apuntes de la conversación con la persona que más cerca estuvo de Celia en sus últimos años. Úsalo para ese libro, te lo regalo.

»Reescríbelo desde ti. No dejes que eso se pierda. Investiga.

—Lo que trajo mi madre son pedazos, delirios, fragmentos de lo que pudo ser y no es —le digo—. Tendría que investigar tanto; no sé si me permitirían publicar eso aquí, quizá me pregunten por qué estoy entrevistando gente y la historia se repita.

—Ya no es la misma época, Nadia. Todo está cambiando. Por eso creo en este país. ¿Tú piensas que si te fuera a pasar algo yo te empujaría a escribir sobre Celia?

—Te lo agradezco, José Ramón; pero ahora mismo todo el miedo de mi madre se me ha pasado a la sangre.

—Pues no, eso es lo único de ella que tienes que desechar. Te lo pido como si fueras mi hija.

—Y, ¿por qué ustedes aparecieron tan tarde?

—Unos por miedo, y otros por tu padre que le cantaba las cuarenta al que sacara a colación el nombre de tu madre. Yo escuchaba tus programas, te seguía cada noche en la radio y te advertía de las locuras que estabas haciendo, yo era el oyente que te enviaba cartas: Eduardo y familia, ¿lo recuerdas?...

En el Malecón un grupo de personas vociferaba, tratamos de seguir la charla pero, de momento, llegaron los bomberos. Lujo se sentó a desayunar con nosotros. Era extraño el tumulto. Intentamos seguir hablando sobre la entrevista a Pucha, pero cada vez los gritos eran más fuertes.

Lujo comentó que mi madre quiso ponerme Celia, pero que no combinaba en nada con el apellido armamentista de mi padre. Yo me quedé sorprendida. Nos hacíamos los sordos para no meternos en lo que ocurría en frente, no indagar, continuar en lo nuestro... pero ya era demasiado. Me levanté y al acercarme a la entrada, me incliné para mirar desde la reja. No se veía nada en particular, sólo que el gentío crecía más. No quisimos cruzar la calle aunque todo apuntaba a una tragedia. Quedamos en silencio, mirando aquel espectáculo desde el primer balcón de nuestro portal, aquel drama cubano se intensificaba con la llegada de mirones. Al parecer los bomberos no podían hacer nada. Sólo escuchábamos: «un ahogado», «un ahogado». Siempre un ahogado en el Malecón. Lujo quiso cruzar y le dijimos que desayunara en paz. De momento, una vecina vino corriendo hacia nosotros, abrió la cerca de un tirón y gritó.

—Es ella, Lujo, corre.

Lo supe. Lo supe. Era mi madre. Se había lanzado al mar. Como un pez golpeado entre las piedras, como un balsero rendido, como una de tantas poetas suicidas, guiada por la brújula rota de su demencia. Todo aquello era por mi madre. Lujo gritaba como una mujer en un salón de parto, José Ramón salió caminando al lado contrario de la acera, se escapó sin mirar atrás. Yo me acerqué para tocarla.

Se tiró a nadar porque el mar era un plato de sopa caliente, tal y como lo vi antes del desayuno. O vino para morir y, en un ataque de lucidez, recuperando su amor propio, se lanzó para terminar en grande su tragedia. Murió como las viejas esquimales, prefirió no regresar pisando las aguas, sin mirar atrás.

Pude reconocer su hermoso cuerpo ahogado, desecho, pero suyo. No había dudas. Era mi madre.

Todo pasó mientras desayunábamos. Mientras la vida transcurría tranquilamente. Ésta es la pecera de la muerte, tengo delante esa pecera, pude haberlo evitado y, sin embargo, consideré que aquél era un espectáculo para intrusos. Esta vez era mío el ahogado, debería haberme involucrado desde el comienzo.

Como ocurren las cosas más simples del mundo. Así de ajena fue la vida con mi madre, siempre a través de terceros, hasta su muerte. ¿Por qué habría de esperar otro final? Una película que va representándose ante mí —que me involucra— sin que tenga derecho a variar su dramaturgia. ¡Dios mío!, dame un mejor papel en esta trama si es que puedes; déjame decidir algo por mínimo que sea, quiero actuar por mí misma, alguna vez.

Despedida de duelo de mi madre

Los amigos de mi madre llegan al parque Lenin. Celia hizo esta obra. Mi madre me trajo varias veces a su construcción. Se tumbaba en la hierba y dejaba pasar las horas fumando. Yo correteaba y me escondía entre los árboles. Aquí decidí traer sus cenizas, esparcirlas sobre la hierba.

¿Dónde estábamos en el momento en que se le olvidó la primera palabra? ¿Y dónde la persona que podía darme noticias suyas? ¿Quién dijo que salir corriendo la apartaría del miedo? ¿Quiénes fueron los cómplices de ese miedo? ¿Cuándo me desconoció por primera vez?

Aun aquí, Cuba siguió siendo una orilla perdida, inalcanzable.

Fue protestante y marxista, cubana y americana, alfabetizadora y pintora, adicta a Led Zeppelin y a Los Compadres. Fue musa de ciertas canciones de los setenta. Aparece en cuadros y fotos que la inmortalizan.

Sus poemas, cartas y apuntes hablan de un talento disperso en el anonimato.

¿Quién puede despedir oficialmente a una hippie como ella, a una desconocida para mí, a una vieja amiga para ustedes? No me dio tiempo a conocerla como hubiese querido.

No pudimos agradecerle o disculparnos. Citemos a una amiga: «Silencio, ha muerto un pájaro.»

Voy a leerles este poema de mi madre, el que más se le parece. Es así como yo quiero recordarla.

CIENCIA FICCIÓN

Y si llegara un hombre verde
y si llegara un hombre verde o azul
en una nave.
Y si llegara.
Qué diría de mí, tan despeinada,
sin adornos ni gracia.
Qué diría de todos por mi culpa.

Hemos crecido

Carta de Diego en mi diario rojo.

Chiquita:
Tu carta me ha paralizado. Cualquier cosa que escriba no te dará consuelo. Yo no he querido llorar esa muerte; llorar me dejaría sin fuerzas para llegar a ti. Estoy tan lejos como no quisiera, pero voy a pararlo todo para irte a buscar; no puedes seguir encerrada como tu madre o terminarás enloquecida. Vamos, sal, camina hasta la playa. Date un baño de sol y deja tendido ese cuerpo salado hasta que llegue para quererte un poquito.

Quiero llamarte, pero sé que no te gusta escucharme desde lejos. Ahora es muy temprano, seguro duermes. Ando por Europa, he estado trabajando e intentando adelantar. Quiero llegar. Detenerlo todo e irte a raptar.

Por el momento: te llevo a la cama un té de hierbabuena con flor de naranjo, acaricio tus pies desnudos, también hay pan recién hecho, te incorporas un poco, resplandece tu cuello, mantequilla, mermelada de zarzamora, un beso en tu ombligo, lista para empezar el día, amaneces, se hace la luz… Vete al mar y espérame allí.

Tu DIEGO

Querido Diego:

Sólo abro este correo para escribirte. Lo único que me espera es hablar contigo. No sé si aún puedo flotar, es peligroso acercarme al agua, a veces quisiera hundirme, peso demasiado para estar arriba, quiero anclar, ya no aguanto más. Tantas muertes me traen debilitada.

No soy un personaje de ficción.

Te necesito. Ven,

NADIA

P. D.: Te hago caso. A partir de mañana iré a la playita de aquí cerca, sólo porque te espero.

Nadia:

Ayer he llamado a tu casa y me comenta Lujo que no quieres comer. Ya estoy en México, cuando menos lo esperes llego a La Habana. No quiero a una mujer desencajada por el llanto; a mi llegada te quiero hermosa.

Te ruego que me escuches. Respira hondo, mastica, traga, duerme, nada, vive. Lee todo lo que haría para lograr que cenes, al menos, esta noche.

De entrante una sopa de tortilla, con aguacate, chile pasilla, chicharrón, crema y queso fresco; luego mole (puede ser el tradicional poblano o uno de melón muy bueno), y terminamos con chongos zamoranos mientras brindamos con un vino de piedra mexicano, excelente, y yo te muerdo un hombro desnudo (porque has de tener un hombro desnudo).

Aunque, pensándolo bien, quiero probar todas tus especias. Me ha dicho Lujo que cocinas muy bien. Yo me desembarazo de todo para encontrarte en Cuba, a ti, sólo a ti, sólo por ti...

Tuyo,

DIEGO

28 de julio

Voy a La Concha, un club de la costa completamente destartalado, un cascarón vacío de lo que en vida fue: nuestra felicidad hace diez veranos.

Aún en pie está el viejo trampolín que pintaban los salvavidas con acrílico aguazul. La vieja parihuela al sol donde me rendía ante los adolescentes inflamados de deseo. El dique donde mi cuerpo se abría para dejar pasar la esperma caliente, los colisables peleones: «Máscaras doradas...»

Todo eso ha dejado de ocurrir, no sé por dónde andan aquellos extras de mi película de los noventa. Aquellos que reían al verme competir, menuda y endeble, contra el apuesto salvavidas en triples saltos mortales hasta caer desmayada, rozando los yaquis de piedra rompeolas, victoriosa o vencida en ese delirio que es: intentar ganarle al más bárbaro.

Todo eso es historia, Nadia. Ahora vamos a poner la mente en blanco y a transitar por las rutas que pasan entre las piernas. Corrientes frías, corrientes heladas, corrientes tibias, corrientes calientes, pero nunca el pasado viaja en estos canales que te arrastran.

«Para, Nadia; para, por favor.» Te lo dices tú misma: «Para o te vas a morir. Ya *meconoces-*

meconozco-teconoces, soy una máquina de ideas, yo misma, Nadia. Así me estoy (nos estamos) matando.»

Mi pie derecho, en un perfecto empeine, hinca con impulso el tensor casi vencido de la balanza. Mi cabeza adivina un barco que dice: Mediterráneo. Subo el mentón hasta no leer nada. Derecha, siento rechinar el muelle flexible y oxidado. Estoy en el aire, planeando sobre el espejo de sal. Mido las algas babosas del fondo y respiro, tanteo en segundos la longitud hacia algunos peces amarillos y en un rapto de claridad agarro el aliento necesario, suspiro y me elevo como sólo se elevaría el enloquecido espíritu de mi madre...

Sonrío cuando intento hacer una saeta perfecta con mi columna, no paro de pensar, siempre maquino, pero cuando ya estoy arqueada subiendo alto, bien alto, agarrando mis rodillas con precisión, justo en el cielo, veo a Diego de traje y corbata pararse frente a mí. Caigo al agua sabiendo que no es una visión. Triple mortal de espalda y Diego debajo del mar. Diego entre erizos y herrumbre. Diego me salva de quedar anclada. Diego se ha tirado al agua conmigo para rescatarme.

Las mujeres que vivimos en las islas necesitamos siempre un rescatador, y ahí las grandes confusiones históricas. Elegir el adecuado para liberarnos lleva años, es preferible incluso no ser rescatada.

Quiero vivir aquí con él, debajo del mar. Es raro que una cubana desee realmente tanto a un cuerpo extranjero, pero es que Diego ha perdido ya su nacionalidad, su cuerpo sabe a Cuba y en su voz se esconden todos los acentos.

Lo mejor del verano es sentir a este hombre vestido y mojado entre mis brazos. Enloquecido y ardiente de cuello y corbata flotando conmigo, nos rescatamos juntos.

Él me despoja del miedo a la vida, sus gestos me santiguan, su sensualidad hace que la muerte salga de mí, la fertilidad de Diego entra en mi vientre. En el agua todos somos lo mismo, simples animales chorreando ganas. Somos mis caderas y sus muslos, mi cuello y su mordida. El anzuelo de su sexo erecto es mi carnada. La muerdo y me trago su agridulce leche mezclada con la sal de este Caribe desquiciado.

Diego me tira contra el muro, solo me sostienen sus rodillas fuertes ante el trampolín desarmado, me penetra en contracciones de agua y luz. Yo sólo padezco y sufro hasta reír; saca de mí el dolor a empellones sobre el muro. La superficie no existe, sólo su sexo y el mío haciendo bombas entre el fondo y la luz, entre el límite blanco y el poderoso turquí. Entran en mí moluscos, peces, criaturas que Diego coloca con furia en ese cuerpo resbaladizo atado con dolores y lujuria.

Llora Diego mientras se viene con furia, ahí va disparada la caravana de nuestra infancia. Me hunde Diego mientras termino de saltar del trampolín a mi éxtasis, me atizo, me dilato, me escurro entre las aguas como quien puede terminar de llenar el mar con sus fluidos. Debajo del mar está el verano de mi vida.

¡Aquí está Diego! Que los barcos decapiten las olas: he aquí el deseo que me llena.

Brillan al sol sus lágrimas. Mis espaldas sangran pero, por primera vez, ni una gota roja sale de mi sexo.

Lo mejor del trópico es sentir los barcos transitar sobre nuestras cabezas mientras nosotros fondeamos los límites de Cuba sin ser adivinados, sin ser advertidos, secretos y silenciosos como los submarinos rusos deslizándose bajo las faldas del Caribe socialista. Por fin ha llegado Diego, y su revolución en mi cuerpo es lo único que verdaderamente importa.

De cómo recibimos la noticia (II)

31 DE JULIO

Ya todo estaba muerto.

No deseaba salvar ni un trasto más para el futuro, el ideal de futuro estaba en ascuas para mí. El síndrome de Scarlett O'Hara seguía intacto, pero todo ese miedo a la pobreza lo había logrado aplacar con tantas y tantas muertes sobre mis ojos. Una mariposa bruja, negra, revestía las ojeras de mi cara. Estaba también yo, un poco muerta.

El anuncio de que algo cercano muere o va a morir te separa de la ambición, el egoísmo, la ansiedad acerca de lo que va a pasar mañana. Vives el ahora, el hoy, te quedas quieta, como quien espera oír el disparo del cazador ante el salto de la próxima liebre.

Viniendo hacia la casa el día de la playa, Diego me había comentado que las personas que lo saludaban por las calles de La Habana le parecían fantasmas del pasado. Que cada viaje a Cuba era como estar dentro de una película en blanco y negro. Quiero vivir con Diego, pero en esa ruta Cuba-México, ¿podemos conservar nuestro deseo? ¿Alguien ha vivido en estos cincuenta años entre un país y otro sin perder el hilo de la pasión? No sé si es posible. Muchas familias se pierden en el intento. No puedo abandonar a Diego. Y yo no sé vivir sin Cuba.

Ya todo estaba muerto para mí y esa mañana, mientras Lujo seguía haciendo un inventario de cuadros y objetos de valor a los que debía aferrarme en el futuro, yo me sentía ajena y turbada. Es que en realidad todos esos objetos no me pertenecían. No eran parte de mi infancia, ni de mi familia. Estaba desganada, sosa. Mi alma y mi cuerpo marchaban con cierta independencia. A Diego estas muertes también lo aniquilaron. Me lo dijo al partir. Ahora sólo quedábamos los dos, la casa y el teléfono.

Llamó mi amigo Fabián, uno de los colegas que esperaba la visa para la beca Guggenheim.

—La buena noticia es que nos acaban de dar el visado con múltiples entradas y salidas, y que podemos irnos a Estados Unidos en el momento deseado.

No me dio alegría, tampoco estaba clara de si quería continuar con mi proyecto preparado para la beca. Se lo dije a Lujo.

Para él fue una noticia triste, pasar meses sin mí sería una pesadilla. Estábamos solos y esta vez con una soledad espesa, porque ya no esperábamos a nadie que nos pudiera salvar del aislamiento. Los que deberían estar nos habían abandonado demasiado pronto.

—¿Por qué no estamos contentos? Cualquier cubano daría brincos y brindaría por esa noticia. En realidad no siento nada. Ni felicidad, ni tristeza —dije.

Lujo apuntaba en una libreta. Se puso el lápiz en la oreja y me miró por sobre los espejuelos.

—Te contesto, como lo haría tu madre citando a Darío, el fatalista: «Dichoso el árbol que es apenas sensitivo / y más la piedra dura porque ella ya no siente...»

A eso de las cinco de la tarde, cuando regaba mis plantas y pensaba en cocinar algo ligero, llegaron a la casa tres viejos carros americanos. Eran antiguos compañeros de la escuela. Me pidieron que los acompañara a Cojímar. Estaban celebrando el viaje a Nueva York. Lujo me animó para que saliera de la casa. Éramos nosotros, otra vez: el tiempo nos había dispersado a la salida de la escuela y ahora nos juntaba después de la muerte de mi madre.

Voy con Fabián en un Chevrolet del '57 restaurado por su abuelo; en otro auto, color rosa flamenco, viajan Ana y Alejandro. Al final de la caravana, Julio conduce solo, con los audífonos puestos al timón de un viejo Buick del '58.

Cada vez que me encuentro con Julio tengo que asesinar las mariposas de mi estómago. Es el tipo más sensual y atribulado que ha habido en mi vida, pero «no vuelvas a los lugares donde una vez fuiste feliz». Tuvimos un romance en la escuela, algo que él aparenta no recordar, algo que yo no olvido y disimulo con maestría. Mato mariposas en mi estómago, las asesino para convertirme en una mujer de mundo, mientras él ignora otra cosa que no sea escuchar música, conducir y hacer su obra.

Entramos en el Túnel de La Bahía, con ese aire de los años cincuenta, con esas lozas verde acqua, el olor a mariscos y a bahía fermentada. Llegamos por fin a la terraza de Cojímar, donde Hemingway terminaba siempre tomándose un trago con los pescadores después de cazar sus bestias marinas. Comenté que parecía un viaje al pasado; hice que fijaran sus ojos en mi saya de paradera, y en los zapatos de Fabián, tan retro como su automóvil reciclado.

No me hicieron caso, ellos discutían sobre coctelería, citaban restaurantes en Nueva York, se pasaban los teléfonos de las galerías, pedían tragos exóticos. Ya no estaban aquí, habían partido. Yo quedaba anclada al suelo. Pasé la tarde con la misma copa de vino tinto.

Salí al ventanal de la terraza, bajé la escalinata para mirar la costa, el fondo tapizado de herrumbre a mis pies. No puedo vivir sin estos lugares. Todo esto soy yo, me contiene. ¿Qué puedo decirle a Diego? No quiero irme para siempre. Ninguno de mis colegas trataba de animarme, estaban ocupados en ser felices. Yo quería continuar mis despedidas, seguir en el duelo hasta agotarlo.

Al caer la tarde las manchas de sardinas dibujaban círculos plateados en el mar. Soplaba un aire húmedo que me sobrecogía. Subí otra vez al restaurante. Mis amigos reían y dibujaban proyectos de instalaciones sobre las servilletas. Pasaban pescadores y gente sencilla por la puerta, nos miraban delirar; sentí culpa, estoy muy frágil.

Algo está cambiando, pensé. ¿Qué hago aquí dentro?

En la noche pedimos sopa y un arroz con mariscos. Julio me abrazó fuerte, me llevó al ventanal asomando peligrosamente nuestros cuerpos al despeñadero que termina en el mar. Casi en el agua, sostenidos por la ventana de vidrio, me dijo:

—No te olvido, ¿lo sabes? No sé por qué pero no lo he logrado, si te veo me desgracio, ¿y tú?

—Yo lo intento, no se puede vivir en un cementerio de pasiones.

Ambos nos reímos abrazados. Nos besamos, fue un beso tierno e inofensivo.

Volvimos a la mesa. Casi todos estaban borrachos, yo no probé más que aquella primera copa de vino. Exprimí el limón y cuando me disponía a probar mi sopa, el camarero que nos atendía vino a decirnos, con gentileza, que nos fuéramos ahora mismo de allí, que no pagáramos el primer plato, sólo las bebidas. Nos quedamos boquiabiertos.

—¿Qué pasa? ¿Qué hicimos?

Pensábamos que se trataba de un juego.

—No puedo explicarlo, pasen al bar y miren la televisión —respondió el camarero mientras recogía los platos llenos de sopa.

Era eterno el camino hasta el bar.

El barman dijo:

—Esperen el próximo parte. Fidel ha renunciado.

Está enfermo.

Vi ojos llorosos, sonrisas irónicas, miedo, extrañeza, impacto. No me veía en medio de aquella confusión. Pagamos hundidos en el silencio. Nadie se atrevía a opinar. Éramos un grupo de muchachos nacidos y criados oyendo los discursos del mismo presidente. Desde que tenemos uso de razón no hemos visto a nadie más gobernar el país. Parecía que ese minuto nunca llegaría. Nos besamos y despedimos sin chistar. Al salir, ya casi habían cerrado el restaurante, las puertas traseras y las ventanas estaban aseguradas.

Fuimos en caravana de silencio por el mismo camino de los cincuenta, pero haciendo el viaje al revés. Bordeamos el litoral frío y apagado. En el Malecón las personas no miraban el agua, permanecían mirando a la ciudad vacía.

Al llegar a mi casa, Fabián me agarró la mano para preguntarme:

—¿Y aquí qué va a pasar?

—Por ahora, nada. Cuídate —le dije con cariño, y nos abrazamos—. No sé hasta cuándo.

Al entrar a la casa, Lujo estaba en un puro nervio. Se repitió la escena, y como si hablara el oráculo, otra vez dije en voz alta:

—Aquí no va a pasar nada por el momento, así que puedes empezar por calmarte. ¿Quieres un cafecito con leche? No he comido nada.

Tomamos el café con leche en silencio. Frente, el mismo mar. Las personas regresaban calladas a sus casas y esa noche, Nadia, en su papel de oráculo, no pudo pegar un ojo. El teléfono no paraba de sonar; llamaron Diego, los amigos de Lujo y de mi padre; deseaban saber si aún estábamos vivos.

Me desperté de madrugada varias veces y no intenté dormir más, decidí ocuparme del cuaderno de apuntes. Mientras amanecía escribí:

En mi país todos los caminos conducen a Fidel: lo que comes, lo que usas, los apagones, los alquileres, las escuelas, los viajes, los ascensos, los descensos, los ciclones, las epidemias, los carnavales, los congresos, las carreteras. Muy pocas cosas importantes se han movido sin él. Hoy, sentada frente al televisor escuchando ese parte, con un poco más de claridad que Lujo me digo: «Aquí no pasa nada más que la vida.» Las calles están tranquilas, las personas sentadas en el Malecón observan la ciudad donde nada parece haber cambiado. Algo está concluyendo, pero no logro descifrar qué.

Mis amigos muy pronto estarán llegando a Nueva York. Mi cabeza vuela en otra dirección. Tengo otro asunto pendiente. No hay tiempo que perder. La muerte viaja al lado.

NOTA

Lujo me pone en contacto con Lourdes Argibay, sobrina de Celia y amiga de los años. Ella accede a darnos su testimonio. La charla transcurre emotiva y tranquila. Según Lujo, Lourdes es la que más le recuerda a Celia físicamente. Lo del libro va en serio, pero encontrar a la verdadera Celia es complicado, ella no quiso dejar rastro, se ha borrado, se nos esfuma mientras la buscamos.

Cartas. Cartas. Cartas

Mi querido Diego:

Encuentro en un libro reciente la trascripción de esta tarjeta postal que el Che le envía a su esposa Aleida March, desde el Museo del Louvre. He pensado en enviarte mis apuntes al leerla. Pienso en el héroe distante y frío; no en el esposo de esa mujer que espera y espera y espera eternamente, creo que hasta hoy. No sé si eso se podrá suplantar alguna vez. Ahora todo parece más simple: se trata sólo de un hombre comprando una postal para su mujer, escribiendo, rellenando la tarjeta en una esquinita del museo, debajo de la luz amarilla, dibujando ciertas palabras equivalentes a decir te amo, sin decirlo. Es una figura que no entiendo, desde niña me castiga esa incomprensión del héroe, cada mañana juré (juramos) ser como él, ahora leo esta postal distante o entrañable del ser humano, del amante, y no lo sé, no puedo saber quién era en realidad, más allá de su estatura de mármol. Es la primera vez que tengo ante mí un documento que me llena de preguntas sobre la vida de estos seres inamovibles de nuestra infancia. Mi amor, lee atentamente. Está escrito al dorso de una reproducción del óleo de Lucrecia Cruvelli, pintado por Leonardo da Vinci.

Mi querida:

Soñando en el Louvre, contigo de la mano te vi representada aquí, gordita, seria, con una sonrisa un poco triste (tal vez porque nadie te quiere) esperando al amado lejano (¿será el que yo creo, u otro?).

Y te solté la mano para verte mejor y adivinar lo que se esconde en el seno pródigo. Varón, ¿verdad?

Un beso y un abrazo grandote para todos y en especial para ti,

de Mariscal Thu Che

La tercera hija de Aleida y Ernesto se llama Celia. Mi madre pensó llamarme así pero mi apellido no combinaba con la idealidad que le inspiraba el nombre. La inquietud por ella, la novela robada y todos estos puntos me rondan reforzando una idea: me voy a Miami, con la visa y el dinero de la beca. Pasaré un fin de semana para hablar con los familiares de Celia, quisiera terminar el libro de mi madre. No deseo quedarme con los brazos cruzados, el viaje ha comenzado y así es mejor. Lujo los llamará avisando que llego y van a recibirme, son personas que nos ayudaron mucho. Dime cuándo vienes para programar nuestros tiempos y decidir qué hacer con nuestras vidas. Te adoro, me has dado tanta fuerza.

Tu Nadia Guerra

Nadia:

Te llamo esta tarde para ponernos de acuerdo con las fechas. No puedo acompañarte a Miami por lo de siempre, el trabajo. Cuando llegues a Cuba quiero esperarte en el aeropuerto, que hablemos con calma y llevarte conmigo a escribir en paz «el libro de tu madre». No descuelgues el teléfono, te llamo tarde, bien tarde a la salida de mi programa. Besos por todas partes.

DIEGO

Qué es una cubana

Hago la maleta, son muy pocos días, veo la ropa que ha usado mi madre. Me pregunto qué nos compone, qué sensaciones tengo al ser esto que soy, que hemos sido nosotras al final de todo. Abro la maleta mientras rezo:

Trusas tendidas al sol, lágrimas negras, reverbero, chancletas en una conga triste, colorete, azul de metileno, batas de casa, huevos fritos, dolor y perdón, ropa de una amiga, ojos pintados con apuro, ropas enfundadas en el cuerpo criollo, cartas perdidas, pelo largo con rolos, agua de violetas, piel de violetas expuesta al sol, bronceador de mantequilla, carmín en los espejos, sandalias con arena, jarrito en el baño para lavarse, suspicacia, machismo leninismo, llanto tras el orgasmo, cosquillas con sexo, ¿Papi, tú me quieres?, inteligencia callada, descalzas cocinando entre apagones, piernas extendidas en el suelo después de limpiar, movilizadas, citadas, cabeza envuelta en pañuelo, ellas van marchando casi bailando en el pelotón, trabajando con la hija que juega a su lado. Radio Reloj informa mientras se maquilla, carcajada con tristeza, café con leche y pan con mantequilla, baño de flores blancas y cascarilla, inhalaciones de eucalipto, arroz con frijoles en la olla de presión, sentir, decir, estallar, parir en colectivo, sexo sobre literas, almohadillas sanitarias hechas en casa, locas académicas bailadoras, amas de casa filósofas, de que Van Van, adiós sobre el arroz, Penélope's del Caribe, profundidad relajada, plátano maduro frito, campismo nudismo, la foto de los quince en blanco y negro, casarse en tres días, divorcio a la cubana, lágrimas risueñas, las flores de Ochun, deseo, deseo, deseos por cumplir, botas rusas, minifaldas guerrilleras, ardor y sal, simples oraciones bajo las sabanas de los discursos.

En la multitud somos únicas, primeras damas confundidas con la muchedumbre.

Viaje a Miami

Llegué al aeropuerto cuatro horas antes. Estaba advertida de que el trámite era largo.

La burocracia fue más complicada que el vuelo. Tan cerca pero tan lejos. Apenas da tiempo a tomar altura, subes y ya estás aterrizando, cuarenta minutos en el aire y estamos del otro lado.

Las personas que viajan a encontrarse con su pasado o su futuro van en silencio. Tensas, pensativas, ojos rojos y ceños fruncidos. ¿Dejan siempre alguien o algo detrás? Se escucha un niño llorar y, al llegar, las personas apiñadas por las ventanillas miran abajo el mar de luciérnagas. "La luz, Brother, la luz".

Cuando el vuelo aterriza, bajan primero quienes van de turismo. Los presos políticos o inmigrantes deben esperar por los oficiales competentes dentro del avión. Parece mentira, es más demorado el tiempo de los trámites que el viaje.

A la salida del aeropuerto no encontré a nadie esperando. Siempre supe que así sería, pero ver a tantas personas abrazarse emocionadas me generó un poco de celos, de vacío, de temor sobre lo que me esperaría.

Sólo estaría cuatro cortos días, pensé, cuatro días se pasan debajo de una piedra, si empiezo a llamar gente destaparé la olla del pasado, así que prefiero entrevistar a la hermana de Celia, ver a las pocas personas que me localizó Lujo y partir.

En el gracioso hotel de la playa me esperaba mi amigo Raffaello Fornés que ya había sido avisado. Es un ser discreto, que no habla más que de arquitectura y yoga, la política, el lugar donde decidas vivir, no le importa demasiado. Cenamos juntos, me hablaba de La Habana y de Miami, quería ponerme en perspectiva sobre ambas ciudades. Salimos a caminar por Miami Beach. La noche estaba fresca y Fornés dibujaba sobre nosotros un puente entre las dos orillas.

«Miami no es una ciudad: es una región. Es el segundo asentamiento cubano, después de La Habana. A sólo cuarenta y cinco minutos en avión de la Fidelísima Isla de Cuba. Comparemos Miami con la deteriorada y densa Habana. La única ciudad del hemisferio donde ha ocurrido un fenómeno urbano sin precedentes: la ciudad ha crecido hacia dentro. Por el contrario, la expansión urbana, copia del modelo norteamericano, ha invadido Europa y el resto del mundo. Miami posee altos niveles de infraestructura tecnológica.»

Sin respirar, escuché atentamente toda su larga teoría sobre Miami y La Habana: ciudades del yin y del yang. La parte cubana de Miami es un reflejo de La Habana, los mismos nombres para restaurantes típicos, los sabores, los olores, las personas mirándote los zapatos, como en El Vedado. Nos hemos construido un pequeño gueto reflejo, la ciudad y su reflejo, la dilatación de otra ciudad noventa millas más allá de la propia isla, con miles de replicantes que conducen por las carreteras al borde del mar, tal vez con la extraña ilusión de que estas carreteras terminan en el Malecón de La Habana. Si achinas los ojos y respiras profundo, si escuchas las voces y cierras un poco, sólo un poco los ojos, parece que sigues en Cuba.

Escoltada con Raffaello por las calles de Miami siento que estoy a salvo de todo. Durante los días siguientes caminamos por muchos lugares. Fuimos a su casa de la playa, zen, amplia, soleada y esencial en su decoración. Luego paseamos por varios sitios que no deseo olvidar: Lincoln Road Mall y South Beach art deco district. Luego: Villa y jardines de Vizcaya, Coral Gables Hotel Biltmore. Tenía que abrir mi mente para que entrara todo.

Raffaello tenía un monotema: La Habana y Miami, dos puntos que de tan separados parecen ahora ser un mismo lugar.

Café Nostalgia

Hoy en la noche salí con Pepe Horta a quien ya conocía por mi padre cuando él hacía cada año un programa exquisito y una fiesta entrañable del Festival de Nuevo Cine Latinoamericano de La Habana. ¿Cómo olvidar sus ojos negros y su risa desbordante, su excelente francés y su punto firme sobre todas las cosas de este mundo?

Atravesé las calles de la playa y en medio del tráfico su gracioso jeep me rescató entre las luces y el jolgorio de la noche en Miami Beach. Pepe es amigo de Lujo y conoció a mi madre en los años duros, como es más joven que toda esa generación la recuerda muy poco, ella, mi madre, es como una sombra en su memoria.

Pepe es el único que ha hecho algo realmente útil con la nostalgia, un sitio para cantarla, bailarla, rumbearla y gozarla: Nostalgia para sentir, Nostalgia para repasar —con alegría— el pasado compuesto de cada uno de nosotros.

Al llegar al lugar, aún vacío, todo olía y sabía a La Habana. Era un sitio donde se respira naturalidad y gracia, lo mejor está por llegar...

Los camareros son como una gran familia y poco a poco van llegando los bailadores que son fantasmas del pasado, a unos los conozco de referencia, otros han trabajado de actores en las películas de mi padre, también encuentro a muchos de mis amigos y es Pepe quien ha nucleado todo eso porque la nostalgia, cuando es buena no mata, sostiene y salva.

Bailé con todo lo que puede ser mi cultura, un poco de Afrocuba, una pizca de La Lupe, ciertos arpegios de Lecuona, lo mejor de Van Van, Irakere, Elena Burke y todo eso en directo con la orquesta de Café Nostalgia.

En la madrugada Pepe me llevó a su casa, no para mostrarme las fotos con mi padre en París, tampoco para hacerme cuentos tristes sobre las cosas que dejó en La Habana, no. Pepe solo quería regalarme un café con leche cubano con su acento de sal un poco antes del amanecer... y allí amanecimos, desayunamos juntos. Su colección de arte también es una verdadera visitación de mis padres, de la Cuba que yo quisiera salvar de cualquier desastre.

Pepe tiene un proyecto muy especial, quiere venderlo todo, también el Café. Habitar su casa de El Vedado con su madre y quizás, hacer un sitio místico, de descanso en la zona de Viñales.

Esta noche Pepe me ha hecho un regalo: Me ha develado la diferencia entre nostalgia y melancolía. Una cosa es con violín y otra cosa es con guitarra. La melancolía tira al fondo pero la nostalgia es un trampolín al siguiente peldaño de nuestras vidas.

También eso puede ser este lugar, depende del protagonista y su modo de andar por las teclas del piano que es la vida.

Es curioso, Pepe es de los pocos seres que en Miami no padece la enfermedad más común en esta orilla: La Nostalgia.

Amanece, Pepe me deja en mi hotelito de la playa. Subo las escaleras, miro al mar, cierro las cortinas para poder dormir...

Huele a varadero, huele a mariscos en la costa de Miramar, huele a dorador de mantequilla en la Playita de 16, huele a mi casa donde a esta hora Lujo cuela café, la nostalgia es una enfermedad endémica de la que yo no me quiero salvar.

La casa de Chela

Chela, la única hermana viva de Celia, se fue de Cuba a principios de la Revolución. Hoy cumple 90 años. Los recuerdos se mezclan en su cabeza. Es dulce, elegante y delicada. Se parece mucho a sus hermanas, imagino que así sería Celia de haber sobrevivido.

Es muy casual que mi viaje coincida con esa fecha. Lujo se las ha ingeniado para que me inviten a su fiesta de cumpleaños y aquí estoy. En un *party* donde Cuba queda muy lejos y, sin embargo, es el pretexto de todo. En su breve y disperso discurso Chela habla de sus hermanas; para ella Celia y Acacia Norma, la mamá de Aca, tienen un recuerdo especial, habla en presente y en pasado de todas, tiene muchas lagunas, poco a poco le va fallando la memoria. La gente aplaude emocionada, celebra, baila con la música cubana que se hace en Miami, y también con la música que se hace en Cuba, como si no pasara nada. Ni bloqueo, ni discusiones políticas. Es una fiesta cubana en Kendal.

Bailamos hasta muy tarde. Contamos anécdotas, relacionamos nombres, sitios comunes en La Habana de antes y de ahora, películas de mi padre, galerías de arte y exposiciones conocidas. En sus vidas había un pedazo entrañable de mí, algo que parecía haber vivido yo aun viviendo en la otra orilla. Esa noche pude romper la línea del horizonte, esa que tiene tantos balseros, mártires, héroes, separaciones, desprendimientos a sus espaldas, esa línea parecía borrarse por segundos, pero luego reaparecía al recordar que aquí yo solo estaba prestada. ¿Eran una espía? ¿Era una curiosa? ¿Quién me trajo? ¿Qué hacía ahí?

Con solo nombrar a Lujo Rojas todo se componía, así que lo importante era seguir navegando sin protagonismo en este fuego cruzado entre la isla y Miami. Esto es lo mejor que he aprendido en este viaje, andar en puntas de pie, intentar hacer silencio y escucharlos. Nuestras emociones vuelven a donde están los seres que se nos parecen espiritualmente. Dondequiera que ellos se encuentren, allí estaremos. Más allá de la política o de la geografía.

Cuando sirvieron la cena, un señor muy elegante vino a hablarnos sobre los frijoles negros, y, pensando que yo había nacido fuera de Cuba, comenzó a narrar detalladamente los sabores originales de esos platos, incluso citó cosas que en Cuba jamás he probado. ¿De qué platos y de qué isla estaría hablando? Ese que él narra no existe. Es evidente que nunca supo que soy una cubana que vive en Cuba. Esa es siempre una buena pregunta: ¿Cómo es una cubana de Cuba? ¿Dónde estriaban esas diferencias entre el inxilio y el exilio?

En la fiesta hice apuntes de la conversación con el resto de la familia, pude conocer a (Aca) Acacia Gloria Gómez Sánchez, *La Pompa*, y Marcos Gómez Sánchez, *Chongolo*, hijos de Acacia Norma Sánchez Manduley y Delio Gómez Ochoa (comandante de la Sierra Maestra.) Quiero que el libro de mi madre tenga todas las contradicciones de sus protagonistas, no quiero un libro esquemático. Dejo salir nuestras guerras internas, nuestros dolores y nuestra cercanía con la épica de Cuba. Es un libro objeto el que pretendo escribir en los meses siguientes, con tantas dimensiones como proyecta el tema de Cuba.

La niña de Fidel

Lujo también es amigo de Alina Fernández, la primera y única hija hembra de Fidel.

En ella se asientan muchas leyendas, se dice que se escapó de Cuba con una peluca rubia, que Fidel nunca se ocupó de ella, que su madre Natalia F. Revueltas tampoco fue primera dama.

¿Por qué nunca llevó el apellido Castro? ¿Cómo es la relación íntima de Fidel con las mujeres? ¿Cómo ha sido su relación con esta, su única niña que ya es una mujer madura?

Todo eso está allí, en el mapa de su infancia, que transcurría en la primera etapa de la Revolución, momento donde Fidel tenía como hogar la casa de Celia Sánchez.

En su hermosa casa de Miami me recibe Alina con delicadeza y amabilidad, ella es una mujer inteligente y hermosa, hablar con ella es un verdadero viaje al centro del problema: Fidel y su relación con las mujeres.

ALINA: Cuando yo nací la revolución no había triunfado. Estoy haciendo una confesión de edad imperdonable. Era una vida de familia muy organizada, yo comía sentada en una sillita alta, recuerdo que un día me atoré con jugo de naranja. Recuerdo las salidas al parque. Era un ambiente totalmente diferente, nosotros vivíamos en 15 y 4 en El Vedado. Una casa grande, una casa de las que tenía la clase media alta de profesionales en Cuba, de siete habitaciones. Mi madre estaba casada con el doctor Orlando Fernández Ferrer, que era cardiólogo. Mi madre trabajaba en la ESSO como jefa de despacho, estoy tratando de explicar que éramos gente de trabajo. En Cuba todo ese ambiente apacible se enrareció con el golpe de Estado de Batista, a lo que gran parte de la sociedad cubana se opuso, porque éramos una república que estaba despegando con sus defectos.

N. Guerra: ¿Cómo lo recibías tú de niña? Estamos hablando de los primeros años de tu vida.

Alina: Los niños lo que sienten son los ambientes, los estados de ánimo, las emociones de los que están alrededor. Y eso se me hizo muy evidente desde niña. Los indiferentes, los preocupados, los alegres... aparecieron varias emociones en casa, porque además de la familia había gente que trabajaba en la casa, y bueno todo eso cambió un buen día, con el triunfo de la revolución.

N. Guerra: ¿Tú sentías a este doctor, Orlando Fernández, como tu padre?

Alina: Teníamos esta costumbre familiar. Yo recuerdo aquella puerta de cristales nevados, dobles, y él abría la puerta, yo lo esperaba y salía corriendo a sus brazos. Me recuerdo corriendo con mis culeros, corriendo, corriendo, corriendo.

N. Guerra: ¿Qué edad tenías?

Alina: Un año. Yo tengo recuerdos desde la cuna. Él tenía una consulta en la casa con esa lámpara fluorescente en la que se ponía la persona de frente y tú veías el latido del corazón. Era como descubrir un mundo, me encantaba estar ahí, en su consulta; yo creo que desde entonces me enamoré de la Medicina y por eso fue la carrera que estudié. Todo eso cambió (la memoria que tengo es visual totalmente) cuando empezaron a presentarse en vez de los muñequitos del Pato Donald y Mickey Mouse, empezaron a avanzar en la pantalla, porque era lo que estaban haciendo... unos barbudos colgando de unos tanques Sherman, con armas y collares y todo eso. Creo que estuvieron avanzando como ocho días y a partir de ahí, una noche, el barbudo principal apareció en la sala de la casa, y a partir de ahí pues todo se desarmó. Mi vida cambió con la vida del país, muy abruptamente.

N. Guerra: ¿El doctor sabía que tú no eras su hija?

Alina: Sí, él lo sabía.

N. Guerra: ¿Tú le llamabas papá?

Alina: Fíjate que no me acuerdo, pero estoy segura de que le dije papi.

Yo te contaba que mis padres se conocieron en el contexto de la conspiración y de la oposición a Batista, y ella le había mandado unas llaves de la casa a los tres líderes de la ortodoxia que eran emergentes.

N. Guerra: ¿Y entonces con esta llave, podía entrar a la casa?

Alina: Sí, pero fíjate… Fidel entra a La Habana el 8 de enero, y él saltó de la pantalla de la televisión a la sala de la casa.

N. Guerra: ¿Era la primera vez que ambos se veían? ¿Qué recuerdas de este momento?

Alina: Recuerdo el humo del tabaco, recuerdo a una persona muy grande, recuerdo un regalo que traía, un bebé de esos que habían antes pero disfrazado de él con pelo y todo pegado en la cara, barba… ese bebé de juguete era su alter ego.

N. Guerra: Al verlo por primera vez ¿no te impresionó el traje? ¿No te impresionó ese tamaño?

Alina: No, no recuerdo haberme impresionado para nada. Yo creo que los niños lo que quieren es eso, que los carguen, y cualquier cosa les contenta. Recuerdo que le quité los pelos de la cara al bebé.

N. Guerra: ¿Y él fue a ver a tu madre y al doctor, para hablar con ellos?

Alina: Me imagino que fue a hablar con ellos.

N. Guerra: ¿Y el doctor? ¿Y tu hermana? ¿Qué pasó con ellos?

Alina: Nosotros nos fuimos de la casa y mi padre y mi hermana empezaron como a esfumarse un poco.

N. Guerra: ¿Tenían planes de mudarse con Fidel?

Alina: Bueno, yo no tenía ningún plan, eso era cosa de los adultos, yo era una niña.

N. Guerra: ¿No fue traumático mudarse con tu madre y dejar a tu padre el doctor? Te veo hablando de esto con mucha naturalidad.

Alina: No, porque nos mudamos a un lugar fabuloso frente a la playita de 16, un lugar encantador para los niños, porque bajabas las escaleras y estabas en una piscina natural en las rocas. En la casa de al lado había un león y un mono, eran del dueño del edificio Sierra Maestra (antiguo hotel Rosita Hornedo) y él era muy generoso con los niños.

N. Guerra: ¿No extrañabas a tu hermana y al que hasta ese momento fue tu padre?

Alina: Es que los niños se adaptan con mucha facilidad. No recuerdo haberlo extrañado. Es que todo fue tan traumático. También a esa edad me mandaron a la escuela que la odiaba con toda la fuerza de mi alma. Siempre recomiendan los pediatras que si quieren cambiarle un hábito a un niño como el del tete, que le hagan un destierro drástico.

N. Guerra: ¿Y así fue tu destierro a la playa sin tu primer padre y tu hermana?

Alina: Sí, fue una cosa muy drástica. Tal vez si nos hubiésemos quedado en la casa anterior la ausencia hubiese sido más notoria.

N. Guerra: ¿Entonces estaban solitas tu Tata, tu mamá y el mar?

Alina: Y bueno, las visitas de Fidel tarde en las noches, muy tarde siempre, que en un momento determinado se acabaron.

N. Guerra: ¿Cuándo vuelves a tener conciencia de la familia?

Alina: La verdad es que tuve familia muy poco tiempo. Lo que pasa en aquella época en la escuela cuando tú tenías algún pariente o familiar muy cercano que se había ido de Cuba, que eso estaba muy estigmatizado, tú tenías que ponerlo en un papel.

N. Guerra: ¿Cuando tú entraste a esta escuela tus compañeros sabían quiénes eran tus padres?

Alina: A los tres días o a la semana todo el mundo lo sabía…

N. Guerra: Todos lo sabían menos tú.

Alina: Menos yo. Y sigo andando por la vida de inocente. Pero sí poco a poco me fui dando cuenta de qué ocurría porque era muy evidente. Los niños todo lo dicen. Los niños repiten todo lo que escuchan en sus casas.

N. Guerra: Cuando empieza todo el fervor político de la revolución dentro de la enseñanza y la figura de Fidel empieza a ser un punto protagónico en las escuelas, las composiciones de los pioneros eran odas a Fidel, los murales con sus fotos, los matutinos, las canciones políticas aparecían en todas partes. ¿Cuando eso ocurrió no se te ocurrió decirle a tus amigas que Fidel visitaba a tu madre?

ALINA: Bueno, es que la gente lo sabía. Poco a poco lo fui entendiendo, pero de a poco.

N. GUERRA: ¿Nunca te preguntaste por qué él viene a visitarnos?

ALINA: No. La verdad es que era muy agradable la visita de él y tenía mucha habilidad para los juegos de niños con las manos. Y como iba tan tarde.

Iba de madrugada a mí me encantaba.

N. GUERRA: ¿A qué jugaban?

ALINA: A los yaquis y a los palitos chinos.

N. GUERRA: ¿En qué momento sabes que ese es tu papá? ¿Supiste algo del doctor?

ALINA: No, no, recuerda que allí el que se iba era traidor. No supe nada más de él. Acuérdate que nosotros vivíamos obsesionados con todo lo que hacía "el vecino de enfrente" y entonces no había comunicación. Es que se iba todo el mundo. Siempre había una justificación para irse, para no estar.

N. GUERRA: Entonces a los diez años tu madre decide conversar contigo sobre esto. ¿Recuerdas cómo fue la conversación con tu madre sobre tu verdadera paternidad?

ALINA: No recuerdo muy bien, pero, ella tenía un cuarto muy interesante porque era un cuarto que era como una suite. Antes de lo que era la habitación había como una sala, y allí había un sofacito, había un reclinable, estaba el tocadiscos, había un ambiente muy rico y allí se podía hablar, debía haber sido así. Pero no me sorprendió para nada.

N. Guerra: ¿Por qué?

Alina: No me sorprendió porque uno siente las cosas o las sabe. Yo creo que los niños tienen un instinto superdesarrollado, lo perdemos cuando vamos creciendo.

N. Guerra: Cuando lo veías a él, sentías esa cosa que en las telenovelas los personajes citan como: "el llamado de la sangre".

Alina: Bueno, es que recuerdo esa presencia en mi casa como un hombre muy tierno y muy agradable, y además era el héroe del momento.

N. Guerra: ¿Cómo recibiste la noticia? Alina: Cuando yo tenía diez años, que yo estaba despuntando en la adolescencia la noticia me produce alivio pues no tenía que seguir contando en la escuela que... mi padre "era un gusano". En realidad no me sorprendió, me alivió, pero sabía también que no me iba a servir de nada. Eso no cambió mi vida para nada.

N. Guerra: A partir de entonces, luego de saber que era tu padre, ¿lo veías con frecuencia? ¿Conversaron sobre esto entre ustedes?

Alina: Él venía, visitaba muy seguido y después se podía desaparecer un año.

N. Guerra: Durante tu infancia él vivía en la casa de Celia Sánchez. ¿Fuiste a conocerla?

Alina: Nunca. Jamás.

N. Guerra: ¿Hubo alguna conversación contigo, con esa niña, alguna conversación trascendente o cardinal entre ustedes?

Alina: No, ya para esa época él ya se había habituado a sus monólogos.

N. Guerra: ¿Por qué no tienes el apellido?

Alina: Cuando yo estaba al borde de la adolescencia esa relación era más un problema que una solución. En primera hubo que cambiar una ley, empezó el código de la familia. De ninguna manera en los años cincuenta se podía hacer ese tipo de cambios de apellidos, eso en Cuba no existía. Cuando eso fue posible yo no lo quise, se cambió la ley para eso.

N. Guerra: ¿Para ti?

Alina: Bueno, para eso se cambió. El encargado de hacer ese cambio fue el ministro de Justicia Alfredo Yabur, pero ya cuando eso fue posible yo no lo quise. Llegar a la escuela y decir, ya no me llamo fulana me llamo mengana me parecía ridículo. Además siempre recordé con mucho cariño al doctor Orlando porque de alguna manera entendí todo lo que ese hombre sufrió, tuvo que haber sufrido mucho, mucho, mucho. Después con el tiempo que pude retomar o reiniciar relación con mi hermana me di cuenta de que tenía razón.

N. Guerra: ¿A partir de saber todo esto tú te sentías observada?

Alina: Yo vengo de una familia de matriarcas, mi abuela era una mujer tan bella que iba al teatro y le ponían un reflector. Naty era muy bella también. Si tu madre te llevaba a la escuela en un

Mercedes Benz, o te iba a buscar tu tata que llevaba uniforme de hilo, ya eras un bicho raro y siempre fui el bicho raro.

N. Guerra: ¿Alguna vez, ante la visita de Fidel, tuvieron guardaespaldas en la puerta?

Alina: No, no, no, nunca hubo guardaespaldas en la puerta, lo único que cuando él iba había un gran despliegue de seguridad. Entonces pues la gente se enteraba en el barrio y aparecía el primo que le habían fusilado en el barrio… y todas esas tragedias que ocurrían, entonces sucedía aquello de "si quieres le hago llegar una carta", yo era la que estaba en el jardín, y toda esa literatura yo me la leí.

N. Guerra: ¿A qué edad?

Alina: A los cinco años. Todo aquello parecía surrealista, pues hay que estar muy desesperado para entregarle aquellas cartas a una niña de cinco años.

N. Guerra: No tenías el apellido porque te resultaba incómodo, pero eras su única hija hembra… y la familia, cómo se movía la familia en medio de esa presencia tan fuerte. ¿Sentías parecidos familiares?

Alina: Yo hubiera querido parecerme a mi mamá que era una mujer bella. Mi abuela detestaba a Fidel, le decía el diablo. Había siempre una dualidad de emociones en la casa. Para mí siempre ha sido obvio que mi mamá lo amaba, cuando él llegaba a ella se le encendía una luz en los ojos.

N. Guerra: ¿Recuerdas algún regalo especial que te hiciera Fidel?

Alina: Bueno, recuerdo una vez que fue a la Unión Soviética y trajo un oso que le regalaron y me dijo que el oso era mío y yo iba a visitar al oso a una de sus casas.

N. Guerra: Seguimos con la familia, en este caso la paterna. Tú eres la única hembra de la familia. ¿De niña alguna vez viste a tus hermanos?

Alina: Yo tengo dos hermanos mayores. Los vine a ver como a los 11 años. En una de estas él me contó que tenía otro hermano además de Fidelito, a quien conocí en esa misma época. Entonces yo fui a conocerlo sola. Fue una sorpresa muy agradable, tenía una madre que se llamaba Amalia, era una mujer muy madraza, muy de su casa, muy humilde y a mí me encantaba ir allí. Fidel no es un relaciones públicas de la familia, el que sí es un relaciones públicas de la familia es Raúl. Yo iba muchos fines de semana a pasarlo allá.

N. Guerra: ¿Entonces Raúl se ocupaba de ti?

Alina: De mí sola no, de todos los demás.

N. Guerra: ¿Recuerdas a tus primos los hijos de Raúl?

Alina: ¡Cómo no los voy a recordar! Yo quería mucho a la mayor que se llama Deborah, que era como una muñeca y tenía el pelo casi blanco, yo la iba a buscar mucho a la escuela y entonces nos íbamos juntas.

N. Guerra: ¿Sentías que esa era tu familia, Alina?

Alina: Sí y no. Pero dormía a veces con Vilma y con Raúl cuando me quedaba con ellos en la casa. No quería ir a Varadero por mucho tiempo pero siempre tuve un lugar allí con ellos. De alguna manera los sentía y no los sentía como parte de mi familia.

N. Guerra: No te da miedo no pertenecer a nada.

Alina: Yo nunca he pertenecido a nada y eso me da mucha libertad. En primera yo soy bastarda (que eso hoy en día no tiene ninguna importancia pero en los años cincuenta eso era un estatus).

N. Guerra: ¿Te sentías sola o rara, humillada?

Alina: Me tengo que haber sentido, sola, rara y humillada pero eso forma parte de mi crecimiento personal. Pero como no había estructura en esos años todo parecía normal.

N. Guerra: ¿Recuerdas a tu abuela Lina, la madre de Fidel?

Alina: A mi abuela Lina la debo haber visto dos o tres veces, pero la recuerdo en el Hospital Naval antes de morir. Era una mujer con mucha energía y tú veías aquella mujer tan chiquitica y tú decías, cómo ha tenido todo esta familia de gigantes.

N. Guerra: ¿Ellos decidieron ponerte Alina?

Alina: Debe haber sido mi madre pues en ese momento él estaba en México.

N. Guerra: Yo creo que no tienes una contradicción con Fidel el hombre que aparecía en las noches, creo que tienes una contradicción con el hombre que dirigía el país y eso empieza para ti en la adolescencia. ¿Es así?

Alina: Bueno, también el sufrimiento de mi mamá y el hecho de que desapareciera. Yo crecí sin contar con él... por mi mente nunca pasó: "Ay tengo que llamar a Fidel y decirle tal cosa", ni tenía un teléfono, había que hacerlo a través de una tercera persona. Yo creo que me di cuenta muy temprano que no era una persona con la que podía contar para nada. Ni me iba a explicar una tarea de Matemáticas porque eso a las dos de la mañana no lo puedes hacer.

N. Guerra: ¿Le dijiste papi o Fidel?

Alina: Le decía Fidel.

N. Guerra: ¿Ahora le dices Castro?

Alina: Le digo Fidel.

N. Guerra: Digamos que tenías las contradicciones normales que tenían los adolescentes con sus padres pero no lo pudiste discutir con él, hablarle de tu sufrimiento.

Alina: Yo más bien sufría por mi mamá que anhelaba ese reconocimiento y ese estatus social. Yo hubiera querido tener un padre común y corriente como todo el mundo y abuelitos y cosas normales, pero nada de eso ocurrió.

N. Guerra: ¿Quisieras verlo ahora al final de su vida? ¿Hablarle de todo esto?

Alina: Yo estoy convencida de que el amor hay que darlo en vida y en plena capacidad y que es cuestión también de hábito y costumbre y yo ese hábito nunca lo tuve por las circunstancias. Ahora hay una teoría o una creencia espiritual bastante exótica que dice que uno escoge el útero donde va a nacer, así que obviamente debe ser cierto que yo misma me metí en ese problema.

N. Guerra: Cuando tuviste a tu hija qué sentiste al tenerla en tus brazos.

Alina: Pensaba que hay una cosa inherente a la maternidad que es la incondicionalidad. Recuerdo en el momento del parto que aparte del enorme alivio me pregunté, en qué circunstancias y en qué momento he traído esta niña al mundo. Pero como ella nunca ha tenido ningún problema me consolé muy rápido. Mumín es mucho más madura que yo, daba lecciones de madurez desde que empezó a hablar.

N. Guerra: Recuerdas alguna anécdota con tu hija y Fidel.

Alina: Bueno estamos hablando del 89 que fue un año reflexivo para mucha gente, que desembocó en la caída del imperio ruso que se notó mucho en Cuba y se empezaron a ver los errores estructurales pues cuando tú dejas de ser subvencionado aparecen los huecos profundos. En ese momento, si un periodista extranjero se me acercaba yo le decía lo que me pasaba por la cabeza. Estaba metida en pleno con la disidencia. En esa Navidad de 1989 aparece un militar que quería hablar con mi mamá y no conmigo. Qué pensé yo, que querían preparar a mi mamá para criar a mi hija porque me iban a mandar a uno de esos lugares donde la gente está tranquila y callada, sin juzgar, pero nada de eso, nos estábamos preparando para el Armagedón, pero nada de eso, según este mensajero el comandante estaba preocupado porque su nieta estaba por cumplir 15 años y quería saber qué preferencias tenía su nieta para mandarle un regalo. No tenía nada que ver con mi activismo político apasionado ni nada que ver con un castigo.

N. Guerra: ¿Esperabas un castigo de él porque eras una niña malcriada?

Alina: Bueno, hay cosas que él considera debilidades y las rechaza, pero esa idea que hay en Cuba —y que él de alguna manera ha inducido en nosotros— de que él es el responsable de absolutamente todo no es realmente así. Yo creo que si estás en la órbita de sus seres cercanos eres parte de una vigilancia estricta porque se trata de cuidar su vida y eso es un hecho. Yo perdí mucho tiempo de mi vida tratando de evadir esa circunstancia que en realidad no lo puedes evadir de ninguna manera.

N. Guerra: Tienes algo qué hablar con Fidel. ¿Quieres cerrar un ciclo?

Alina: No, todos los ciclos están cerrados.

N. Guerra: ¿Volverías a Cuba?

Alina: La pasé muy mal, sobre todo los últimos años que viví allí por muchos motivos, y no es un apremio que tenga, la verdad, pero eventualmente voy a volver. ¿A dónde voy a ir si ese es mi país? Ojalá que no sea por una tragedia, la verdad, porque yo he notado que los lugares no se redimen. Hay gente que dice: Voy a volver a tal sitio donde no fui feliz porque esta vez el sitio me va a brindar una solución… y no siempre es así.

N. Guerra: ¿Será tu sino?

Alina: El sino no tiene que ver con la felicidad, es como una labor adquirida. Yo me imagino que estos príncipes europeos también sientan su peso enormemente y hay algunos que han abdicado y todo eso, bueno pues yo era la hija del príncipe cubano pues al principio aquello era el reino.

N. Guerra: ¿Entonces volverías para decir adiós al padre?

Alina: No, volver para decir adiós no me suena a volver.

N. Guerra: ¿Volverías a reconstruir tu infancia?

ALINA: No, volvería a reconstruir mi casa que se está cayendo.

EN EL NORTH OCEAN GRILL

Camino sola en una ciudad no peatonal. Busco zonas donde me pueda mover por mí misma. Intento llegar de un lado al otro pero es la playa lo único que me consuela. Hago notas sobre lo que ocurre a mi alrededor. Frases en cubano pasan como ráfagas apagando del inglés. La música cubana se sale por las paredes. El olor a frito, a carne de puerco y frijoles negros es muy difícil de disimular. La Colada de café cubano, los pasteles de guayaba y todo un mundo para mí desconocido se abre en el Palacio de los Jugos, allí se asienta la memorabilia de nuestra comida ya casi extinta por las interminables crisis.

Supe, por la parte más joven de la familia, que Chela, la hermana de Celia, no podía darme la entrevista, su memoria estaba perdida. Cada encuentro familiar le debilita y después de la fiesta su memoria había empeorado considerablemente. Ella perdió a su hijo cuando el muchacho intentó entrar a Cuba en una lancha rápida para hacer un atentado contra el gobierno, la lancha fue interceptada estalló en el aire, desde entonces su salud se fragilizó.

En Miami se concentra un dolor, una intensidad de lo que pudo ser, una obsesión por la nostalgia, por lo perdido. Hasta bailando se siente cierta tristeza. Hay de todo pero no sabe igual. Están casi todos pero la gente ya no es igual. En Miami está toda nuestra memoria de repuesto, es increíble ver cómo la mayoría de la familia de Celia Sánchez vive aquí, en el mismísimo corazón del "enemigo".

La oscuridad del mar, la profundidad del negro, la humedad y el calor me recordaba mis escapadas nocturnas a la playa de Santa María, o mi perenne vista del Malecón. Por un minuto achiné mis ojos y me parecía que estaba en el lugar de siempre. Pero no. El tiempo vuela y sólo me quedaban veinticuatro horas. Abrí los ojos y casi no pude dormir esa noche. «¡Quiero-saberlo-todo!»

Repasé lo que hablamos en la mesa sobre la familia de Celia, ignoraba muchos de esos datos. Rumié: ¿somos felices desde donde elegimos estar? ¿Es lo acertado? Las cosas que me han dicho sobre mi madre no son muy distintas a las que ya sé. Esta tarde me ha llamado Arturo. Su frase sobre ella me ha puesto a pensar. «Tu madre no amó a nadie, no pudo hacerlo porque no se lo permitimos, todos nos disputamos su amor y la dejamos vacía.» Ésta será una buena obra, mi pieza literaria, la intervención histórica en el mundo de Celia, mi madre, y de todas las mujeres a las que les robaron su protagonismo en nombre del Machismo Leninismo instituido en Cuba.

Fiesta final en Miami

Chongo, el más joven de la familia de Celia, me propone hacer una fiesta en su casa con los más íntimos. A mí me faltan tantas cosas por saber que acepto, es mi última oportunidad para entrevistarlos. El apartamento es amplio, lleno de cristales, levantado sobre el mar. Si miras hacia abajo, puedes usar el balcón de trampolín. Vino toda la familia a despedirme. Hablé algunas cosas con Acacia, y luego, de a poco, se fueron sumando todos los hermanos.

Aproveché para invitar a varios amigos de mi madre. Quise reunirlos allí, tengo tantas preguntas sobre mis padres, asuntos que aún estoy procesando y que no sé a dónde me llevarán. Cada cubano tiene un diario potencial debajo del brazo. Nuestras vidas son parte del libro de silencio que nos han obligado a escribir sin palabras.

Acacia me prestó su celular. Intenté comunicar con Lujo en Cuba pero me fue imposible, las líneas estaban colapsadas. Llamé a Diego para decirle que todo estaba en orden. Él me espera mañana en el Aeropuerto de La Habana. Llegamos casi al mismo tiempo. Cuántas cosas tengo para contarle.

Recibo amigos míos y de mis padres. Al fin llega Arturo, al abrirse la puerta vestíamos casi el mismo atuendo.

Me lancé a sus brazos y bailamos toda la noche.

Arturo está muy disgustado con haber tenido que abandonar su carrera en Cuba, su familia, su vida anterior. Pienso que esta profunda distancia es un sentimiento que todos compartimos, pero no hay consuelo, mucho menos para mí que cada vez me siento más sola.

Arturo, quien no recuerda a Arturo en los ochenta cuando bailaba en todas las fiestas de La Habana, era un personaje exótico que iluminó el pensamiento estético de un enorme grupo de artistas. Yo lo adoro y me cuesta tanto despedirme de él, ¿cuándo nos volveremos a encontrar?, ¿dónde? Cuando era una adolescente yo pensaba que viviría cerca de alguien así toda la vida, que nada podría separarnos. Hemos tenido que desprendernos de nuestros seres queridos, personas que parecían eternas y que hoy resultan lejanas, perdidas, desenfocadas en sus obsesiones que son parecidas a las nuestras. Hemos tenido que aplazar lo que más deseamos —los afectos— en nombre de una sociedad que nunca nos ha comprendido ni amparado.

Loco y sensual, Arturo salió volando de *Blade Runner* a Miami.

Hay un desorden muy grande en mi cabeza, entrevistas, palabras sobre mi madre, preguntas sobre la historia de Cuba, tiendas, cenas, compras... regreso más descentrada de lo que llegué. Miami es mucho pero mucho más compleja de lo que creí.

Si hubiese venido a vivir aquí, ¿quién sería yo hoy? ¿Estaría casada? ¿Con quién? ¿Tendría hijos? ¿A quién se parecerían?

Me pregunto si todos nosotros hemos hecho los matrimonios correctos, los enlaces coherentes y las uniones que en realidad la vida nos deparaba. La revolución lo trastocó todo en nombre de sí misma. Nuestros lazos, aquí o allá, son emergentes, asidos en tiempo de guerra.

De repente bajaron las luces, todo quedó en penumbras y empezamos a bailar con los Beatles, luego Celia Cruz y al final entró Van Van al ruedo, con aquella salsa armónica de siempre: «Chirrín chirrán que ya se acabó, chirrín chirrán que ya terminó, chirrín chirrán que ya no te quiero, chirrín chirrán, te digo hasta luego, chirrín chirrán, no, no, no, no, no.» Sentí que todo daba vueltas, no había probado ni una copa de vino. Quería estar lúcida para registrarlo.

Ya estaba ebria de Cuba y de mí. En la oscuridad girábamos cambiando de persona en persona sin adivinar quién era quién. Mi cintura pasaba de mano en mano y los cuerpos se involucraban con todos, sin distinción. Pensé, como en una ráfaga, en los conflictos que mi padre me contaba siempre entre los de allá y los de acá. Entre Miami y Cuba. Entre La Habana y su reflejo. Ahora todo parecía detenerse sólo para el baile: o hay una tregua o se acabó la guerra, porque la casa baila y la casa canta. Me sentí feliz sabiendo que no estaba fuera del mundo, que era bien recibida en este lugar y, aunque estaba de paso porque no venía para quedarme, no me hicieron sentir extranjera. Parte de mi vida estaba en ellos, a pesar de que mi casa esperaba en otro sitio, frente al Malecón de La Habana, en la curva femenina de ese muro, el mismo al que volvería al final de esta pieza y de este «chirrín chirrán», que no termina nunca en mi cabeza.

Salí de la fiesta corriendo para hacer la maleta. No quise despedirme, prefiero decir: hasta mañana.

De regreso todo parecerá un sueño. ¿Cuándo se acabará esta absurda distancia? Tan cerca y tan lejos.

288

Viaje a La Habana

EL REGRESO

Sobrevolamos los cayos, veo barquitos sostenidos por las olas, personas pescando. Una vida real queda allá abajo. El vuelo es más relajado, menos tenso.

Al divisar tierra cubana, las personas que viven en Miami se amontonan en las ventanillas, entramos por la termoeléctrica de Santa Cruz, sobre los pozos de petróleo y el fuego. Mucha emoción, aplausos, gritos de júbilo.

Dicen: «Es Cuba, Cuba, Cuba.» Cantan «La Guantanamera», lloran, caminan por los pasillos, se abrazan, no hemos llegado aún; pero, según ellos, ya estamos aquí. Yo miraba el paisaje imaginando lo que me esperaba abajo: Diego, con su traje de reportero preguntando sobre el futuro. Lujo en la casa con la comida lista y sus interminables preguntas sobre el pasado y, como telón de fondo, el Malecón mojado, porque desde arriba se ve que está por llover.

El pasajero que se encuentra a mi lado me pregunta si voy a Cuba por primera vez. Le digo que vivo en La Habana. Viene la aeromoza y le pide que firme un disco para el piloto; le entrega el ejemplar y sigue de largo hacia la cabina. Es un señor dulce, mulato, bajito, sereno y simpático; debe tener unos ochenta años. Trata de leer lo que dice la portada pero no ve bien, me mira consternado:

—¿Por qué tengo yo que firmar esto?

Veo el disco y me doy cuenta de que él es Rubén González, uno de los grandes pianistas cubanos de todos los tiempos. Le presto el bolígrafo con el que estoy haciendo mis notas, pero el señor no encuentra sentido a la firma.

—¿Quién es él? —me pregunta mirándose risueño en la portada.

—Él es usted. Fírmele el disco al piloto.

—Sí. Pero, ¿quién soy yo?

—Usted es un gran pianista, sin duda, el mejor en lo suyo.

—¿Estás segura?

—Como que estamos volando, estoy segura.

—¡Ah! pero, ¿estamos volando? —Rubén se puso los espejuelos y quedó maravillado con el disco. Pensaba que eso no era verdad, y lo veía como por primera vez. Era un disco doble, de hace unos pocos años, pero él ya no lo recordaba.

—¿Yo toqué ahí con ellos? Casi todos se han muerto, ¿verdad?

—Algunos sí —dije un poco nerviosa.

—¿Y dónde estoy ahora?

—En un avión, regresando a Cuba.

—Entonces, no estamos ni en un lugar ni en otro.

Estamos en el aire.

Asentí con la cabeza. Él miró el disco y yo le recordé:

—Debe firmarlo y, antes, escribir alguna cosita.

Estábamos por aterrizar, los pasajeros gritaban cada vez más. El ambiente de ambigüedad, entre risa y llanto; el viejo pianista sólo firmó, con mano trémula, la carátula.

—Perdóname, hija. ¿Nosotros vamos o venimos para La Habana? Es que todo se me olvida últimamente. Tengo ochenta años, casi no me acuerdo de nada en el piano, imagínate de esto.

—Usted estaba en Miami, pero ahora estamos llegando a La Habana.

Muy serena, la aeromoza anunció los detalles del complicado aterrizaje; luego recogió el disco, agradecida por el gesto. Besó al pianista que no entendía nada, y regresó apurada a la cabina.

El avión se movía un poco. Ya en La Habana llovía fuerte. Vi la luz de Cuba a través de otro prisma, un tono plomizo que el sol penetraba degradando en un violeta sorprendente. Ensayé la idea de que habían pasado diez años y no cuatro días desde mi partida, un buen ejercicio para la añoranza que no da resultado si no has vivido lejos de lo tuyo el tiempo suficiente. Sentí que caía en la pista como en un colchón de plumas, sin el ritual rígido del aterrizaje, pero no habíamos podido tocar tierra. Dábamos vueltas a la redonda porque la tormenta no permitía descender. Cuba estaba abajo y poco a poco entraríamos en el ojo de agua abriéndonos paso entre los nubarrones.

El viejo pianista se había quedado dormido. Sus manos hacían escalas en el brazo del asiento. Los viajeros permanecían en silencio. Sobrevolamos tierra y pronto nos sacudió un vacío escalofriante.

Los gritos no podían salvarnos de nada. Seguíamos en el aire, viajando en círculo. El viejo pianista se asustó y me preguntó muy serio:

—¿Qué era lo que te venía diciendo?

Tocamos la pista bruscamente, llovía con ganas y todos los pasajeros aplaudieron al contacto. El viejo pianista se quitó el cinturón, se paró firme para saludar ceremoniosamente al público que aplaudía desde sus asientos. Me miró y volvió a preguntar:

—¿Adónde dices que hemos llegado?

—A La Habana —dije caminando hacia la puerta que aún permanecía cerrada.

Sin Fidel

Basta observar la naturaleza para comprender que la vida es simple. Y que se debe volver al punto de inicio. Al punto donde tomamos el camino equivocado. Hace falta volver a los fundamentos principales de la vida. Sin contaminar el agua. ¡Qué clase de mundo es este si es un loco el que nos dice que deberíamos avergonzarnos! Oh, madre, oh, madre. El aire es ese algo ligero que gira en torno a la cabeza y se vuelve más límpido cuando ríe.

Nostalghia,
ANDREI TARKOVSKI, 1983

LA HABANA.
25 DE NOVIEMBRE DEL 2016

Suena el teléfono, estoy metida en la ducha para quitarme todo el sudor del día y acostarme limpia. Las cubanas se bañan a las cinco, pero hoy necesitaba tiempo para organizar todo el desastre que dejaron los últimos turistas y preparar los cuartos de los que lleguen a pasar el fin de año.

¿Qué será Cuba para los turistas?

¿Vendría yo a Cuba a pasar un fin de año?

No lo sé. Creo que este lugar, para cualquiera, sigue siendo turismo de historia. Les resulta curioso, excitante, caminan por las minas de nuestras vidas haciendo preguntas personales como si no les importara lastimarnos. Cuba es un sitio inexplorado, hasta yo misma ignoro lo que pasa del otro lado de la isla. Una y otra vez me propongo irme a Oriente, pero no dejo La Habana, no la abandono. La Habana tiene un hechizo extraño, es ese territorio acuoso, femenino y sentimental difícil de abandonar.

El teléfono sigue sonando sin remedio, por Dios, quién insistirá tanto a esta hora, espero que no sea un vecino tratando de colarme a un turista en casa.

Trato de ignorar el timbre pero es insoportable, se detiene pero enseguida continúa chillando sin remedio, retumba sobre los arcos de la casa y me atormenta.

Salto mojada de la bañera al suelo de mármol, resbalo, tomo equilibrio, veo el teléfono al lado del secador de pelo y lo agarro enseguida.

Es Maruchi, la vecina que llama para decirme que ponga la televisión, pero cuelga sin decir por qué.

Camino hasta el zaguán y enciendo las luces del pasillo que dan a la sala, mientras lo hago no temo despertar a Lujo, que hoy mismo salió a Miami a buscar cosas para decorar un nuevo restaurante que inauguran unos suecos en la Habana Vieja. Si lujo no sale a tomar aire una vez al mes, se me muere. Cuba asfixia a todo el mundo, excepto a mí, que he aprendido a amar profundamente este encierro.

¿Qué pasará? Me pongo un ropón de dormir y salgo al jardín para averiguar algo, la televisión cubana muy pocas veces dice la verdad, prefiero averiguarlo afuera.

Una extraña calma que agrede nuestra idiosincrasia se proyecta por todo el malecón, miro la casa de mis vecinos, sus puertas y ventanas ya han sido cerradas. Llamo a Magda, intenta decirme algunas palabras pero la comunicación está fatal, incluso desde la casa de al lado, marco de nuevo pero una voz responde que "las líneas están congestionadas"... por su tono sé que la cosa es grave... debo encenderlo todo, todo, todo, quiero que las luces me acompañen.

Enciendo la televisión, Raúl habla al pueblo.
Se ha muerto Fidel.

Sobre la bata de dormir me enfundo en un abrigo de Lujo que está colgado en el ballet de la entrada junto a los sombreros, agarro mi cartera, entorno un poco las ventanas delanteras, tomo las llaves y salgo a la calle.

El malecón es un desierto. No hay un alma, ni siquiera veo policías custodiándonos. En la Embajada Americana parece no haber nada nuevo que cuidar o proteger.

Ya hemos sido despojados de todo... ¿Qué más pueden arrebatarnos?

Camino en contra del viento. Atravieso El Vedado como una cuchilla de seda, mi ropón de dormir bate sobre el cuerpo y como un barco de vela intento escalar las lomas que me internan en la oscuridad, cada vez estoy más delgada y débil, me voy pareciendo más y más a mi madre... el viento salado me envuelve, esta salación constante viene del mar, la sal lija mi cara y nubla la visión de lo que ocurre, el paisaje está ahumado, parece que lloverá.

¿Dónde fueron todos?

Mientras camino suena mi celular tirado en la cartera. Es Lujo desde Miami.

—Hola —le digo.

—Maniiiiiiiiiii, Manicero maniiiiiiiiiii. ¡Se fueeeeeeeeeee, se fueeeeeeeeeee!

—Sí, se fue, se acabó. Le dije.

—Chirrín Chirrán que ya se acabó, Chirrín Chirrán que ya no te quiero... Chirrín Chirrán te digo hasta luego... —canturrea Lujo.

—¿Hiciste buen viaje? Pregunto tratando de establecer alguna coherencia en aquella conversación disparatada repleta de canciones.

—¡Sí, claro! Pero no puedo creer que esto me agarrara aquí. La gente en Miami está tirada pa la calle, cómo está eso por allá. Me preocupas, enciérrate en la casa y no le abras a nadie, ni alquiles a nadie hasta ver qué pasa. —Me ruega desesperado.

—Aquí no pasa nada, voy caminando por Línea. La gente está trancada, no se ve un alma, los pocos que estamos caminando afuera lo hacemos en silencio. Le expliqué paciente.

—¿Pero Nadia, qué haces en la calle a esta hora? —Preguntó Lujo un poco alterado. —¿Pasa algo?

—Voy a casa de Celia. —Contesté.

—Ay por amor de Dios. No hagas eso, mira...

Corté la llamada, apagué el teléfono. Necesitaba caminar sola, seguir mi ruta sin cuidarme. Ya Fidel había muerto, no necesitaba acatar una orden más.

Cuando llegué a 11 me di cuenta de que habían quitado el semáforo. No había nadie en la posta de la casa de Celia, tampoco personas vigilando la cuadra.

Franqueé la oscuridad de la avenida sin miedo, en realidad ya no me importaba que me apresaran. Había estado detenida tres días cuando intentaba hacer mi libro-obra sobre la figura de Celia. Me arrebataron toda la información de los archivos, expulsaron a Diego de Cuba por ayudarme a reconstruir los documentos, amenazaron a Lujo con quitarle la repatriación si me seguía ayudando a investigar la verdad sobre esta mujer y su nexo con Fidel.

Han pasado ocho años y desde entonces no hago arte, no escribo, no hago nada más que alquilarle a turistas en mi casa frente al malecón.

Pude haber escapado como el resto de mis contemporáneos con los que estudié, pensé subiendo las escaleras del edificio, pero no quería convertirme en un exiliado, yo aguanto un registro o una detención, pero un exilio, eso nunca. No me gusta en lo que se convirtió mi madre.

Es extraño, toda esta cuadra está repleta de personas que Celia trajo de Manzanillo o la Sierra

Maestra a vivir a La Habana, gente que colaboró con la lucha revolucionaria y que ahora parecen haber abandonado la zona. Hay tanto silencio. Las personas siguen encerradas en sus casas. ¿A quién le importará verdaderamente esta muerte? ¿Será el silencio un modo de escape u homenaje? ¿Será un silencio respetuoso o será el miedo lo que les impide salir a las calles?

Subo las escaleras y llego a la mismísima casa de Celia, un bombillo encendido y la puerta entreabierta me invitan a entrar, Radio Reloj informa en la lejanía.

Aquí ya no hay nada, sólo queda la escenografía de lo que un día fuera el archivo de la Revolución.

Estoy en paz, ya nada más pueden quitarme, me lo repito para poder avanzar sin temor. No tengo nada, no espero nada, me digo respirando profundo.

Intento prender más luces pero apenas quedan bombillos sanos, paso a su cuarto donde el paisaje de la pared parece haberse borrado por la humedad, no veo la hamaca ni el escaparate de acrílico, no están sus ropas ni los pomos de perfume, tampoco el cuarto de los regalos o las cajas con documentos que solía repasar en las noches de insomnio, paso a la cocina donde nadie parece haber encendido el fogón en meses, la recuerdo sentada en la escalera bebiendo el café, diciendo cosas en clave a mi madre para que yo no entendiera. Aquí no hay nada ni nadie, sigo al despacho, en las gavetas no quedan documentos, sólo presillas y lápices viejos, un polvo espeso cubre el vidrio del buró que antes ocupara Celia. Tal vez trasladaron todo al Consejo de Estado en la Plaza de la Revolución.

¿Cuándo fue que Fidel dejó de entrar a esta casa? ¿Tal vez cuando nació su primer hijo con Dalia Soto del Valle? ¿Se habrán visto personalmente alguna vez Dalia y Celia? A ninguna de las dos les gustaba o les permitieron el protagonismo. Creo que en realidad Celia sobrevolaba todo eso, ella era más que una mujer para él, ella era su conciencia ¡qué temprano la perdió!

Hay un olor a humedad tan intenso que marea, un aroma a ruinas, a pasado húmedo, a desperdicio, orines de gatos y moho. Abro una ventana y trato de respirar, afuera también todo está muerto. Es como si le hubiesen sacado el nervio al edificio y de él quedara sólo un cascarón flotando en una cuadra anodina, ya sin encanto.

Subo al piso que antes ocupara Fidel. La piscina está seca, en su cuarto las cosas parecen haberse recogido y no hay sábanas sobre la cama, el colchón ha quedado contra la pared y sus manchas recuerdan el mapa de África. Un salidero gotea preciso sobre unas plantas silvestres y La Habana allá abajo, tiritando amordazada de nubes y silencio.

¿Qué ha pasado aquí?

¿Quién habrá dado la orden de desvalijarlo todo? ¿Tal vez Raúl? ¿Tal vez el mismísimo Fidel?

¿Cuánto de lo que aquí se asentó podría explicar el rompecabezas de este drama?

Hago el camino inverso. La luz ocre de la escalera interior me lleva directamente a la cocina, encuentro el colador de café rudimentario que usaba Celia, esa fina manga de lienzo donde el agua caliente arrastra el sumun del grano molido. Me lo llevo conmigo, se los cambio por todo lo que me arrebataron en los registros, quiero conservarlo y tomar café hecho ahí, en su memoria.

Regreso al pasillo, bajo las escaleras y, tras la puerta, un viejito dormita con la radio encendida. Radio Reloj da la hora y vuelve a las heroicidades del Comandante en Jefe.

—Vaya bien. Me dice el único vigilante vivo, cabeceando entre ronquidos.

Otra vez la salación en el aire y ese maldito viento empujando mi cuerpo que apenas logra seguir su viaje hasta el Malecón, pertenezco a esa dinastía de mujeres breves que van a contracorriente intentando releer las cosas de manera distinta.

Cierro los ojos, veo a Celia y a mami bajando por la calle que da al FOCSA, el cajón de aire las despeina y empuja, apenas pueden incorporarse a la calle M para seguir viaje hasta 23, muertas de risa y ahora muertas en serio. Mi ropón de seda parece salir volando de mi cuerpo al mar, toco la seda, recuerdo las batas de Celia y la finísima piel de mi madre.

Dicen que uno nunca llora por una sola razón, sino que asoman a tu mente tantas razones que tus ojos estallan de rabia o de dolor. Tengo ganas de llorar, pero no por Fidel, sino por ellas, por mami y por Celia. ¿Por qué ambas murieron tan jóvenes? ¿Por qué todos y cada uno de los autores que conozco que han tenido el valor de hablar de este tema han muerto antes?

Hoy cada cubano tiene un motivo diferente por el que llorar, el disparo está en el cielo y nosotros no sabemos hacia dónde correr, de quién huir.

El secuestrador ha muerto, la jaula queda abierta y no siento el impulso de salir sino el pánico a que alguien desconocido entre por esa puerta.

Este silencio es su portazo. Ahora, cómo vamos a vivir sin alguien que nos diga lo que tenemos que hacer.

A quién pedirle permiso o perdón, cómo subsistir sin ofrendar obediencia.

Una idea terrible pasó por mi mente mientras metía la llave en la cerradura oxidada por el mar. ¿Habrán quemado la memoria que asentó de Celia?

Entro a casa, me quito el abrigo, tiro la cartera y pongo agua a calentar.

Abro las ventanas, miro el horizonte donde, como siempre, ningún barco viene a salvarnos del destino que hemos elegido. ¿A quién le importa Cuba? A algunos cubanos solamente. Coloco el café en la pequeña y fina funda de lienzo, lo apachurro con una cuchara y dejo filtrar lentamente el agua caliente por la tierra de los cafetales.

Huele a Oriente, huele a Cuba, debajo del viejo artefacto un vaso de cristal espera la colada.

Creo que a estas horas en esta ciudad soy la única persona preocupada por la memoria, este es y será siempre un país que prefiere olvidar.

Tengo miedo, pienso empinándome de un golpe el café claro y caliente de mi primer amanecer sin Fidel.

Índice

Nunca fui Primera Dama de Wendy Guerra
se terminó de imprimir en junio de 2017
en los talleres de
Litográfica Ingramex, S.A. de C.V.
Centeno 162-1, Col. Granjas Esmeralda, C.P. 09810
Ciudad de México.